ВЛАДИМИР СОРОКИН

[белый квадрат]

Владимир Сорокин

Белый квадрат

Сборник короткой прозы

Издательство аст

Москва

УДК 821.161.1-32
ББК 84(2Рос=Рус)6-44
С65

Художественное оформление и макет Андрея Бондаренко

Сорокин, Владимир
С65 Белый квадрат: сборник короткой прозы / Владимир Сорокин. — Москва : Издательство АСТ : CORPUS, 2018. — 224 с.

ISBN 978-5-17-109144-6

В новый сборник короткой прозы Владимира Сорокина вошли тексты последних лет — большинство из них публикуется впервые. Читателя традиционно ждет вихрь головокружительных аттракционов: жонглирование цитатами и эпохами, карнавальное смешение высокого и низкого, оживление метафор, вспышки эротических протуберанцев, мучительная или глупая смерть. Если раньше застывшая языковая, жанровая или поведенческая модель, которую ломает вырвавшееся наружу коллективное бессознательное, относилась скорее к прошлому, то теперь автор препарирует настоящее, в котором модели прошлого актуализируются, слом традиции и возвращение к ней меняются местами, а обломки перемешиваются в психоделической мозаике, детально отображающей реальность.

УДК 821.161.1-32
ББК 84(2Рос=Рус)6-44

ISBN 978-5-17-109144-6

Содержание

· Красная пирамида ·

Н. Н. Артамоновой

В общем, Юра перепутал Фрязино с Фрязево и уехал не туда. Наташа все объяснила ему: Ярославский вокзал, направление Фрязево или Щелково. Ее станция — Загорянская, где не все электрички останавливались. Фрязевская останавливалась, а фрязинская — совсем нет. Юру угораздило сесть на фрязинскую.

— Есть электричка в шесть пятнадцать, она ходит по будням регулярно, — говорила ему Наташа, стоя у станции метро “Динамо” и облизывая мороженое, зажатое двумя круглыми вафлями, которым Юра угостил ее. — Всегда у нас останавливается.

— И сколько часов… ммм… ехать? — сострил Юра, громко и много откусывая от своего мороженого вместе с вафлей.

— Сорок пять минут, — улыбнулась Наташа. — К семи будете у нас.

Они встречались третий раз, но почему-то так и не перешли на “ты”.

— Большая компания?

— Маленьких не бывает! — рассмеялась Наташа, тряхнув головой.

Она всегда так делала, когда говорила что-то веселое. У нее это выходило как-то чересчур искренне, что даже слегка граничило с глуповатой наивностью, но она не была глупой, Юра это быстро понял. Вообще, она все больше нравилась ему: небольшого роста, стройная, смуглая, подвижная, почти всегда улыбающаяся. Явно с примесью южных кровей. Что-то молдавское, армянское, а может, еврейское. Но Юра пока не спрашивал о корнях. От Наташи всегда шла волна радости. Ее волосы были черными, заплетенными в две тугие косы, обвивающие голову.

— Когорта поклонников предполагается? — Он быстро расправлялся с потекшим мороженым.

— Непременно! — Наташа снова тряхнула головой.

— Дуэльные пистолеты у вас найдутся?

— Есть папина двустволка!

— Патроны — за мной.

— Договорились!

Глядя на ее смеющиеся, мокрые от мороженого губы, Юра представил их первый поцелуй. В сирени, например.

— У вас растет сирень? — спросил он.

— Росла. Рос-кош-ная! Но куст совсем выродился. Папа срубил. Ма-а-аленький кустик остался.

Наташа доела вафли, достала из кармана жакета платочек, вытерла губы, подняла свой портфель, стоявший все это время у ее стройных смуглых ног, взяла его в обе руки, прижала к животу:

— Ну, я пошла.

И добавила, наклоняя голову вперед и глядя исподлобья:

— До субботы, Юрий.

— До субботы, Наташа! — Юра поднял и сжал кулак.

Она стремительно развернулась и быстро пошла в метро. Так же стремительно она разворачивалась тогда на бревне в спортзале, когда Юра впервые ее увидел. А потом прошлась по бревну легким колесом, оттолкнулась, спрыгнула, развела руки, запрокинув лучистое лицо.

Она была перворазрядница, училась в педагогическом, участвовала в студенческой спартакиаде, о которой Юра, студент второго курса журфака МГУ, делал репортаж для университетской многотиражки. Там и познакомились. Сходили в кино на французский фильм "Под крышами Парижа", который оба уже смотрели: Юра — один раз, Наташа — трижды.

Гуляли в парке Горького.

И Наташа пригласила на день рождения.

И вот… Юра проехал мимо.

В подарок он вез бутылку шампанского и томик стихов Уолта Уитмена в переводе Корнея Чуковского. Эта книга, красиво изданная в издательстве “Академия”, стояла у них дома среди множества других книг, собранных еще дедушкой. Юра только однажды заглянул в нее, полистал и поставил на полку. И вспомнил, только когда задумался о подарке Наташе. Стипендию он уже потратил на три американских джазовых пластинки, купленных на Кузнецком у спекулянтов. Оставшихся денег хватило только на шампанское. У родителей Юра уже два месяца принципиально не просил.

“Красивая книга, хороший поэт…” — подумал он и положил Уитмена вместе с шампанским в свою сумку желтой кожи, с ремнем через плечо.

А в электричке зачитался Уитменом. И слишком поздно понял, что едет не туда.

— Не подскажете, когда Загорянка? — спросил он у худого хмурого старика с палкой и бидоном в сетке.

— Никогда, — лаконично ответил старик. — Не на то сел.

— Как?

— Так. Фрязинская в Загорянке сроду не останавливалась.

Юра вскочил, глянул в окно. Там ползли кусты и телеграфные столбы.

— И что же…

— Следующая — Зеленый Бор. Там сойдешь, вернешься до Мытищ, потом сядешь на фрязевский поезд.

— Черт! — Юра бессильно ударил кулаком по ладони.

— Черт тут ни при чем, — произнес старик и хмуро уставился в окно.

Ругая себя кретином, Юра взял сумку и вышел в тамбур. Здесь не было одной двери и гулял июньский воздух.

— Слышь, кореш, дай закурить! — раздалось за спиной.

Юра обернулся. Шпанистого вида парень стоял в углу тамбура, привалившись к стенке. Юра его вовсе не заметил, когда вошел. Недовольно глянув на парня, достал из кармана брюк ополовиненную пачку сигарет "Астра", спички. Взял себе сигарету, протянул пачку парню. Тот оттолкнулся от стенки, шагнул в широких черных брюках, молча вытащил сигарету, сунул в губастый рот. Юра зажег свою, кинул спичку за плечо.

— Дай огня в зубы! — попросил парень.

Юра помедлил, думая сказать парню: "Свои пора завести", но потом чиркнул спичкой, поднес. Парень закурил. У парня было бледное худое лицо с широкими скулами и скошенным подбородком.

— Зеленый Бор скоро? — недовольно спросил его Юра.

— А хер его знает, — ответил парень. — Я к корешам в Ивантеевку еду. Не отсюдова. Ты тоже?

Юра слегка кивнул.

Парень тускло осмотрел Юру, снова привалился к стенке и, с сигаретой в мокрых губах, полуприкрыл глаза.

Юра отвернулся, выпуская дым в дверной проем.

Электричка тащилась неспешно.

“Ползет как черепаха, — зло думал Юра. — Кретиноид. Идиотиум. Дуроплезиус...”

Быстро докурил сигарету, метнул окурок в ползущую мимо пыльную зелень. Вернулся в вагон. Все те же пассажиры все так же сидели на своих местах. Некоторые посмотрели на Юру, как ему показалось, с усмешкой.

“Способен вызывать только смех. И поделом”.

Юра открыл Уитмена, стал читать. Через восемь страниц хриплый голос в динамике объявил: “Зеленый Бор”. Подхватив сумку, Юра вышел в тамбур, где уже не было губастого парня, но стояли три женщины разных возрастов: старуха, полная дама и девочка.

Электричка затормозила с противным скрежетом. Юра сошел вслед за женщинами, огляделся. Немногочисленные пассажиры сошли на деревянный перрон и двинулись в сторону виднеющихся за зеленью деревенских домиков. Электричка уползла. Поняв, что надо перебираться на противоположную платформу, Юра

спрыгнул на шпалы, перешел, шагая через нагретые солнцем рельсы, обогнул платформу, обнаружил деревянные ступени, поднялся. На перроне не было никого. Валялись редкие окурки. На длинном решетчатом щите с приделанными буквами висело только "БОР". Вместо "ЗЕЛЕНЫЙ" различались лишь тени букв.

— Зеленый на ремонте... — хмуро пошутил Юра, подошел к лавке с облупившейся белой краской, сел.

Глянул на свои часы "Луч", подаренные ему отцом после поступления в МГУ: 18:42.

— Начнут без меня...

Достал сигареты, но передумал. Убрал.

— Идиотиум! — произнес он, сощурился на застрявшее в соснах солнце и сплюнул на пыльный, зашарканный настил.

Прошло 12 минут.

Потом еще 13.

Потом 20.

Поезда не было.

— Вот и пиздекс. С днем рождения, Наташа!

Юра встал, пошел по перрону. На нем тоже по-прежнему не было ни души. Солнце уже скатилось ниже, промеж сосновых стволов.

С сумкой на плече Юра пошел по пыльным доскам, зло выстукивая сандалиями:

— Говномериум!

— Жопорватиум!

— Ебанатиум!

Доски глупо гудели от ударов Юриных подошв. Это совсем разозлило его. Пройдя весь перрон, он развернулся, разбежался и широко запрыгал, как прыгают легкоатлеты тройным прыжком, впечатывая всю свою злость в облезлые доски:

— Дуроплясиус!

— Говномесиус!

Доски загрохотали.

Юра поравнялся с решетчатым щитом со словом "БОР":

— Бородан!!

— Боронос!!

— Бороул!!! Ну ког! да! же?!

— Через восемь минут, — послышался голос.

Юра обернулся. На скамейке, мимо которой он только что пропрыгал, сидел человек. Это было так неожиданно, что Юра замер как вкопанный. Толстый, одутловатый мужчина в светлой летней одежде сидел и смотрел на Юру.

— Что... — пробормотал Юра, не веря своим глазам.

— Через восемь минут будет поезд, — произнес мужчина.

Его большое, мучнисто-белое, грушеобразной формы лицо ничего не выражало. Ничего. Просто *совсем* ничего. Впервые в своей жизни Юра увидел такое лицо.

— Поезд? — переспросил он, не в силах оторваться от этого лица.

— Электричка.

Маленькие, выражающие *ничего* глазки смотрели на Юру. Ему показалось, что лицо заморожено. А сам человек… из морга. Мертвец. Труп. Юре вдруг стало плохо, как от солнечного удара, который случился с ним в Баку прошлым летом. Ноги его задрожали.

— Присаживайтесь, — произнесли замороженные губы. — Вы, очевидно, перегрелись. Жарковато для начала июня.

Юра плюхнулся на скамейку. Вдохнул, приходя в себя, провел рукой по вспотевшему лбу.

— В жару лучше не прыгать тройным, — произнес мужчина.

Юра посмотрел на толстяка. Он сидел все так же, замороженно глядя перед собой. На нем была старомодная летняя одежда: белая панама, бежевый летний костюм, под ним белая косоворотка с расшитым воротом. Из-под широких бежевых брюк виднелись белые коленкоровые полуботинки. Такие летом носил один забавный друг покойного дедушки, нумизмат, балагур и пьяница. Тоже уже покойный. Эти смешные полуботинки привели Юру в чувство. Он выдохнул. Вдохнул. И снова выдохнул. Уже спокойно. Морок вдруг прошел. И Юре стало легко и весело.

“Откуда он свалился? — подумал он. — Ком с горы… Почему я его не заметил? Вправду, что ли, перегрелся?”

Толстяк спокойно-равнодушно смотрел перед собой, не меняя позы.

— Восемь минут. Вы знаете расписание? — спросил Юра.

— И не только.

Юра глянул на свои часы:

— Через восемь?

— Через семь.

— У вас что, в голове часы?

— И не только.

Юре стало еще легче и веселей. Он облегченно рассмеялся, почесал затылок.

— То есть вы все на свете знаете?

— Почти.

— Хорошо. Что такое миттельшпиль?

— Середина шахматной партии.

— Так. А… Бетельгейзе?

— Звезда в созвездии Ориона. Красный сверхгигант размером с орбиту Юпитера.

— Отлично! Ну а кто такой Дэйв Брубек?

Замороженные губы сузились и довольно точно насвистели *Take Five*.

— Атас… — потрясенно выдохнул Юра, хлопнул себя по коленкам и рассмеялся. — Вы музыкант! Точно, да? А музыканты еще и в шахматы хорошо играют, правда? Вы джазмен?

— Нет, — спокойно ответил толстяк.

— Ну, правда ведь, а? На чем играете? На саксе? На трубе?

Толстяк молчал.

— Хорошо. Игра в секреты… Тогда скажите мне вот что… где находится… м-мм… Гнилое Бучило?

— Тверская область, Селижаровский район.

Юра опешил. Это место знали только в небольшой деревеньке, куда они с отцом и дедушкой ездили на охоту. Селижаровский район, деревня Хутор. Гнилое Бучило было окруженным лесом болотом. Там любили гнездиться водоплавающие птицы.

"Откуда он это знает?"

Толстяк сидел, не меняя позы.

"Телепат? Гипнотизер? Гипнотизер, точно! Развелось их с Вольфом Мессингом… Так. Надо его как-то в лужу посадить…"

Юра пошарил взглядом по округе. И вдруг увидел невдалеке, возле одноэтажного здания из белого силикатного кирпича, полинявший плакат на щите: НАША ЦЕЛЬ — КОММУНИЗМ!

Под надписью виднелся профиль Ленина.

— Скажите, пожалуйста, а кто такой Владимир Ильич Ленин? — громко спросил Юра, победоносно скрещивая руки на груди.

— Человек, запустивший пирамиду красного рева, — спокойно ответил толстяк.

Юра открыл рот.

— Что? Пирамиду? Красного… чего?

— Красного рева.

— И что это за пирамида?

— Источник непрерывного красного рева.

— И где она?

— В центре столицы.

— Где именно?

— Там, где центр.
— В Кремле?
— Нет. На Красной площади.
— На самой площади? Пирамида?
— Да.
— И где она там? Конкретно?
— Ее подножие занимает всю площадь.
— Всю?

Юра рассмеялся. Толстяк все так же невозмутимо спокойно сидел.

— Знаете, — заговорил Юра. — Я живу неподалеку от Красной площади, на Пятницкой. Но никакой красной пирамиды на ней никогда не видел.
— Вы не можете ее видеть.
— А вы можете?
— Да.

“Ясно. У него галлюцинации...”

— И что делает эта пирамида?
— Испускает красный рев.
— Как... громкоговоритель?
— Приблизительно так. Только это совсем другие волны. И совсем другие колебания.
— И зачем она... испускает?
— Чтобы заразить людей красным ревом.
— Для чего?
— Чтобы нарушить внутренний строй человека.
— Нарушить? Зачем?
— Чтобы человек перестал быть человеком.

“Антисоветчина...” — подумал Юра и оглянулся по сторонам.

Но на перроне по-прежнему никого не было.

— Значит, Ленин построил эту пирамиду?

— Нет. Он только ее запустил.

— Повернул, что ли, рубильник?

— Вроде того.

— А кто ее построил?

— Вы их не знаете.

— Немцы, что ли? Карл Маркс? Энгельс? — усмехнулся Юра.

— Нет, не немцы.

— Янки?

— Нет.

— Ну... кто они? Откуда?

— Оттуда, — ответил толстяк и добавил: — Ваш поезд идет.

Юра глянул на рельсы, сужающиеся слева в нагретом воздухе, ничего не увидел, но все же встал, поправил на плече ремень от сумки. Посмотрел на тот самый плакат с Лениным.

— А... коммунизм?

— Что коммунизм? — Толстяк поднял на него замороженные глаза.

— Ну... это же... светлое будущее?

— Это не светлое будущее, а красный рев сегодняшнего дня.

В этот момент вдали раздался гудок. И Юра увидел электричку. Она была далеко, двигалась пока бесшумно. Юра что-то хотел сказать толстяку на прощание, что-то смешное и обидное, но неожиданно передумал. Он стоял, пока-

чиваясь на месте, как любил делать, и смотрел на странного человека. А человек сидел и глядел перед собой. Послышался звук электрички. Она подползала к перрону. Вдруг Юра остро почувствовал, что никогда в жизни больше не увидит этого необычного человека. Он был абсолютно уверен, что тот так и останется сидеть на этом пыльном, пустом перроне. Не поедет в Москву. Может, вообще никуда не поедет. Непонятно, куда этот человек мог бы поехать. Он словно сросся с лавкой. Юре вдруг стало жутко тоскливо. Так, что слезы навернулись на глаза.

Электричка подползла со знакомым скрежетом.

Юра автоматически шагнул внутрь. Вошел в вагон и сел. Вытер глаза рукой, глянул в окно на перрон. Толстяк все так же сидел на лавке. И смотрел перед собой. В толстяке было что-то мучительно родное.

Электричка отправилась.

Юра сидел на своем месте в оцепенении. Ему было тоскливо. Но спокойно. И никуда не хотелось спешить. И мыслей совсем не было. Вместо мыслей в голове застряла последняя фраза толстяка:

“Красный рев сегодняшнего дня”.

Юра оцепенело смотрел в окно на зелень, столбы, домики, машины, помойки, пакгаузы, подъемные краны, угольные кучи, котельные, людей, птиц, коз, собак.

Но совершенно забыл про день рождения Наташи.

И проехал Мытищи.

Очнулся, только когда поезд подползал к Ярославскому вокзалу. Едва вагон остановился, как оцепенение прошло. Юра встал. Вместе с пассажирами вышел из вагона на платформу, отделился от толпы. Остановился, доставая сигареты.

“А день рождения? Загорянка? Наташа? — вспомнил он. — Кретинизм…”

Он двинулся вдоль платформы.

— Идиот! — произнес он и в сердцах сплюнул.

Закурил. Побрел по вечерней Москве. Пересек Садовое, двинулся к себе на Пятницкую.

Сигарета вернула к реальности.

— Это был гипнотизер, — произнес Юра и рассмеялся. — Как я влип, дурачок! Красный рев! Кра-а-а-асный рев! Пирамида!

Бредя по вечерним улицам, он вытянул из сумки бутылку шампанского и открыл на ходу. Пробка вылетела с сильным хлопком, напугав какую-то старушку, и ударила в стену дома. Теплое полусладкое шампанское хлынуло из бутылки. Юра стал пить его, обливаясь.

По дороге домой он допил липкую бутылку и поставил ее на чей-то подоконник.

Дома почитал свежую “Юность” и завалился спать раньше обычного.

Прошло воскресенье.

В понедельник Юра сдал два зачета. А во вторник после университета поехал на "Динамо", где завершалась спартакиада. Входя в гимнастический зал, он чуть не столкнулся с Наташей. В темно-синем трико, с белыми от талька ладонями она шла в раздевалку.

— Привет! — сказал он, останавливаясь.

— Привет, — ответила она со своей вечной улыбкой и пошла дальше.

Больше они не виделись.

Юра окончил журфак, женился на Альбине, дочке старых друзей родителей. При протекции отца, видного функционера в министерстве транспорта, он получил место в "Комсомольской правде". У них с Альбиной родился сын Вячеслав. В конце 60-х Юра вступил в партию и перешел работать в "Известия". У них родилась дочь Юлия. В середине 70-х ему предложили место завотделом в "Огоньке". Он перешел из "Известий" в "Огонек".

В то июльское утро он, как всегда, быстро позавтракал, сел в отцовскую белую "Волгу" и поехал в редакцию. Едва машина въехала на Москворецкий мост, как сердце Юрия вдруг сжалось и затрепетало так, что перехватило дыхание. Юрий притормозил у бордюра. Стал ровно и глу-

боко дышать и массировать точки хэ-гу на руках, как научил его один врач. С сердцем у него уже случались проблемы. Впервые это произошло после скандала с его острой статьей в “Известиях”, которую “опрометчиво”, во время отпуска главреда, утвердил замглавного. Юрия вызвали на ковер в горком партии. “Вы перешли черту допустимого”, — сказал ему человек с лицом старого волка. Замглавного выгнали с треском. Юрина карьера тогда висела на волоске. Он чудом удержался: как никогда помогли партийные связи отца. Но сердце заболело. Врачи сказали, что Юрий перенес микроинфаркт. С Альбиной он два месяца провел в санатории. Второй раз он сильно переживал из-за сына, попавшего в грязную историю: коллективное изнасилование в студенческом общежитии. Сын оказался под следствием. Отец Юрия недавно умер, и помочь сверху было уже некому. Юрию пришлось ходить по кабинетам, просить и унижаться. Сына он спас, ему дали условный срок. Сам же после этого полгода сидел на таблетках. Потом все прошло.

Но сейчас, сейчас, сейчас.

Сердце трепетало.

Такого прежде не было. Юрий стал задыхаться. Он вылез из машины, подошел к парапету, положил руки на прохладный гранит и задышал, глядя на утреннюю Москву-реку. От реки тянуло свежестью, это чувствовалось здесь, на мосту. Юрий стал успокаивать себя. Но сердце по-преж-

нему трепетало, словно зверушка, попавшая в капкан.

Или на кукан.

Или на канкан.

Или на фанфан.

Юрий дышал, дышал, дышал.

Закружилась голова, в ушах запели две стальные цикады.

— Стоп, стоп, стоп… — успокаивал себя Юрий.

Цикады пели. Ноги задрожали. Он схватился за парапет, навалился на него. Внизу блестела вода. Вода блестела. Блестела проблесковым блеском блестящая вода.

— Стоп, стоп, стоп… — шептал он себе.

Серд-це. Сер-д-це. Се-р-д-ц-е. Перестало трепетать.

Перестало. Пере

стало.

И встало.

Внутри Юрия наступила

ТИШИНА.

Из последних сил он выпрямился.

Вцепился руками в парапет.

И вдруг увидел красную пирамиду.

Она стояла на Красной площади, занимая своим основанием ее всю. Пирамида вибрировала, испуская красный рев. Он исходил из нее волнами, затопляя все вокруг, как цунами, уходя далеко за горизонт, во все стороны света. Люди были затоплены красным ревом. Они барахта-

лись в нем. Идущие, едущие, стоящие, сидящие, спящие, мужчины, старики, женщины, дети. Красный рев накрывал их всех. Он яростно бил бил красной волной в каждого человека человека в каждом человеке человеке свет свет и красный рев рев бьет бьет из пирамиды пирамиды чтобы погасить погасить свет свет человека человека и погасить погасить не может не может и зачем зачем бьет бьет это страшно страшно и тупо тупо красные волны волны бьют бьют и не могут не могут бьют бьют и не могут не могут зачем зачем бьют бьют это глупо глупо яростно яростно глупо глупо шестикрылый шестикрылый ты здесь здесь рядом рядом шестикрылый шестикрылый ты яркий яркий ты самый самый ты вечный вечный ты здравствуй здравствуй шестикрылый шестикрылый тогда тогда ты был был другой другой толстый толстый смешной смешной белые белые ботинки ботинки твое имя имя.

— Бороул… — прошептал Юра, силясь улыбнуться побелевшими губами.

И рухнул навзничь.

· Ржавая девушка ·

И. П. Смирнову

Солнечным летним днем по главной улице города шла молодая симпатичная девушка. Легкое летнее платье красиво облегало ее стройную фигуру. Каштановые волосы касались юных плеч, кольца их вздрагивали в такт шагам. Девушка широко и целеустремленно шагала, одной рукой придерживая висящую на плече сумочку и слегка помахивая другой. Ее белые туфли с маленькими каблучками бодро цокали по мостовой.

Одна неприятность сопровождала девушку: она скрипела. При каждом ее шаге раздавался противный громкий скрип. Прохожие косились на нее, молодые люди двусмысленно переглядывались, дети смеялись и показывали пальцем: девушка шла без джэммера.

— Идет и не стесняется, — ворчали одни.

— Смелая! — улыбались другие.

— Глупая, — презрительно усмехались третьи.

— Наверно, бедная... — сокрушались четвертые.

Но девушка словно не замечала ни своего скрипа, ни насмешек и косых взглядов. Она шла, бодро глядя вперед и отмахивая рукой.

— Ишь, заржавела... — бормотал старик-зеленщик, вываливая морковь из мешка в квадратный короб. — Коль на джэммер не заработала — сиди дома!

— Скрипит, как голодный сверчок! — усмехался мясник, вытирая свои большие руки тряпкой. — Отчаянная девчонка!

— В наше время, если скрип пришел, порядочные девушки сидели по домам, — говорила старушка своей подруге. — О джэммерах тогда никто и не слышал. Просто старались не выходить из дома. Я один раз выбежала в лавку молочника, купить молока для младшего брата. Так как на меня все так зашикали! Стыд!

— Теперь нравы другие, что вы хотите от молодых, — кивала головою подруга.

Девушка шла. Впереди показался большой галантерейный магазин. Девушка решила зайти. Стеклянные двери гостеприимно распахнулись перед ней. Она вошла в магазин, огляделась и направилась в отдел женских платьев.

— Чем могу быть полезной? — обратилась к ней продавщица.

— Я ищу летнее платье со встроенным джэммером, — сказала девушка.

— У нас широкий выбор таких платьев, — ответила, улыбаясь, продавщица. — Пойдемте, я покажу вам!

Она подвела девушку к стойке с висящими платьями. Девушка выбрала красивое платье, но, узнав цену, покачала головой:

— Слишком дорого для меня.

— Тогда я вам советую купить джэммер отдельно, — сказала продавщица.

— Но ведь не на каждое платье можно поставить джэммер? — размышляла вслух девушка.

— Да, в этом проблема, — кивнула продавщица. — Вот это ваше платье красивое, но на него совершенно невозможно поставить стандартный джэммер.

— Я знаю, — вздохнула девушка. — А другого летнего платья у меня нет. Мне сшила его покойная мама.

— Здесь неподалеку, в переулке направо от бакалейной лавки, есть подвальчик, где африканцы делают джэммеры. Они гораздо дешевле тех, что продаются в больших магазинах. Сходите к ним, думаю, они вам смогут помочь.

— Благодарю вас за совет. Вы очень добры, — ответила девушка.

Она вышла из магазина, дошла до бакалейной лавки и свернула в переулок. В отличие от широкой и чистой главной улицы он был узкий, грязный, заваленный мусором. Девушка пошла по переулку и вскоре увидела вход в подвал

с надписью “У Хромого Али. Ремонт и починка техники”. Девушка спустилась по старым ступеням, толкнула дверь и вошла в мастерскую. Небольшое, заваленное всякой техникой помещение освещалось двумя лампами: под сводчатым кирпичным потолком и на столе у Али, хозяина лавки. Мастеря что-то, он поднял голову и приветствовал вошедшую:

— Добрый день, мадмуазель. Чем могу помочь?

Его старческий голос звучал приветливо.

— Я хотела бы приобрести джэммер, — произнесла девушка, осматриваясь.

— У нас есть летние и зимние джэммеры.

— Я хотела бы летний.

— Летний обойдется вам в двадцать пять.

— А сколько у вас стоит установка?

— Зависит от одежды.

— Я бы хотела поставить джэммер на это платье.

Старик сдвинул очки на лоб, окинул взором девушку:

— Шестнадцать.

— Итого…

— Сорок. Ровно сорок, мадмуазель.

— Дороговато… — вздохнула девушка.

— Мадмуазель, в магазинах новый джэммер стоит пятьдесят, а установка — двадцать пять.

— Я знаю, — грустно улыбнулась девушка.

Старик приподнялся, вышел из-за стола и, опираясь на палку, подошел к девушке.

— Я бы скинул еще десятку, но нам месяц назад

повысили аренду. А доходы в этом году не радуют. Всем нам приходится выживать.

— Да, времена непростые, — согласилась девушка. — Что ж, спасибо, что уделили мне время.

Она повернулась и со скрипом пошла к двери.

— Подождите, — произнес старик.

Девушка остановилась.

— Я вижу, что вы не из богачей, — произнес старик.

— Увы! — грустно рассмеялась девушка.

— У меня к вам предложение, мадмуазель.

— Слушаю вас, Али.

Старик оперся на палку обеими руками и заговорил:

— Я довольно пожил на этом свете, помню стародавние времена. Тогда не было никаких джэммеров. Незамужние женщины легко обходились без них.

— Я слышала об этом, — кивнула девушка.

— Не нужен вам никакой джэммер, мадмуазель. Ни за пятьдесят, ни за двадцать пять.

— Как так?

— А вот так! Вам нужна хорошая масленка. И ничего боле.

— Масленка?

— Да, масленка.

Старик поднял свою палку и постучал ею в низкий потолок. Наверху послышались шаги, и по винтовой лестнице в подвал спустился молодой стройный африканец. На вид ему было лет семнадцать.

— Познакомьтесь, это мой внук Абдулах.

— Здравствуйте, — произнесла девушка.

— Здравствуйте, мадмуазель, — произнес Абдулах, склоняя голову.

— Абдулах, покажи мадмуазель свою масленку, — сказал старик.

Абдулах молча показал масленку.

— Смотрите, мадмуазель, какая достойная масленка. Совсем новая! Она полна густой белой смазки. Это именно то, что вам нужно. И никаких джэммеров!

Девушка смотрела на Абдулаха и его масленку.

— Мадмуазель, — продолжал старик, — все, что вам нужно, — хорошая, добротная смазка раз в неделю. Абдулах — парень ответственный, он не подведет вас. Это обойдется вам всего в десятку ежемесячно. И никакого скрипа, мадмуазель!

Девушка задумалась.

— Если вам это кажется дорого, скину еще: восемь. Восемь в месяц.

— Я согласна, — ответила девушка.

— Вот и прекрасно! — Старик победоносно тюкнул палкой в пол. — Пусть это будет наша с вами победа над безумным миром, в котором мы все оказались! И забудьте слово “джэммер”. Вам он не понадобится. Абдулах, проводи нашу гостью наверх и обслужи ее как следует.

Абдулах сделал пригласительный жест рукой. Девушка поднялась по старой винтовой лестнице и оказалась в небольшой уютной комна-

те с окном, кроватью, узким шкафом и рабочим столом, заваленным старыми джэммерами, починкой которых, по-видимому, занимался юноша. Окно выходило в тот самый переулок. В комнате пахло старой мебелью. Этот знакомый запах успокоил девушку.

Несмотря на то, что переулок был пуст, юноша подошел к окну и задернул занавески. В комнате стало еще уютней.

Абдулах подошел к кровати, снял покрывало, аккуратно сложил его и повесил на стул.

— Раздевайтесь, мадмуазель, — произнес Абдулах.

Девушка разделась и легла на кровать навзничь. Абдулах достал масленку и стал смазывать девушку. Она же смотрела в потолок с двумя старыми потеками и маленькими трещинами. Не до конца задернутые шторы оставляли наверху светлый клин, сквозь который было видно окно второго этажа дома напротив. Окно было занавешено тюлем с вышитыми бутонами роз. Сквозь тюль виднелись очертания большого горшка с цветком.

“Похоже, я попала к добропорядочным людям, — думала девушка. — Этот старик Али сразу был добр ко мне, он не стал мелочно торговаться или предлагать мне что-то сомнительное. По-видимому, он понял, что я из бедной семьи и взять с меня нечего. Сразу заметно, что он добрый человек и расположен к людям. А его внук —

милый и обходительный молодой человек. И хорошо делает свое дело, несмотря на свою юность. Да! Недаром сегодня утром солнечный луч упал мне на подушку в виде стрелы. Я еще удивилась — к чему бы это? Сегодня хороший день…”

Закончив смазывать девушку, Абдулах убрал свою масленку.

— Все в порядке, мадмуазель. Вы можете одеваться, — произнес он с благожелательной улыбкой и быстро спустился вниз по винтовой лестнице.

Девушка встала, оделась и сделала четыре шага по комнате. Она совсем не скрипела. Это было так странно и неожиданно для нее. Ведь скрип преследовал ее уже четвертый день!

— Чудо! — радостно произнесла она и от радости закружилась по комнате.

— Чудо, чудо, чудо! — повторяла девушка, кружась.

Затем она взяла свою сумочку, лежавшую на прикроватной тумбочке, и спустилась вниз.

В мастерской Али и Абдулах приветливо смотрели на нее.

— Ну вот, мадмуазель, вы не скрипите! — рассмеялся Али. — И никаких джэммеров!

— Спасибо вам. — Девушка достала из сумочки деньги и протянула Абдулаху.

Но тот с улыбкой кивнул на деда.

— Нет уж, деньги бери ты! — покачал головой Али. — Честно заработал. Я здесь ни при чем.

— Благодарю вас, мадмуазель, — произнес слегка сконфуженный Абдулах, принимая деньги.

По всему было видно, что он далеко не каждый месяц смазывает девушек.

— Уважаемый Али, — заговорила девушка. — Так я могу к вам обратиться, когда снова заскриплю?

— Конечно, мадмуазель! Мы же с вами договорились.

— Замечательно!

— Абдулах всегда со мной, он будет рад помочь вам. Рад, что его смазка вас не разочаровала.

— Превосходная смазка.

— Его новенькая масленка работает безотказно, мадмуазель. Мой вам совет: смазываться надо регулярно, тогда не будет неожиданных проблем. Приходите к нам в любое время. Мы всегда вам рады.

— Благодарю вас!

— Мы всегда вам рады, — повторил Абдулах, словно эхо.

Девушка благодарно улыбнулась стройному юноше, вышла за дверь, поднялась по ступеням. В переулке по-прежнему было сумрачно и грязно, но девушка не обратила на это внимания. Свернув на главную улицу города, она пошла по ней, шагая широко и свободно.

“Как хорошо, что желания сбываются!” — радостно думала она.

· Поэты ·

– Я чрезвычайно редко использую *WhatsApp*. — Виктория повела острыми плечами, словно сбрасывая опостылевшую мантию. — Вы уже догадались, Борис, что я катастрофически старомодна. В этом веке я проживаю чужую жизнь, не свою. Мой век другой.

— Мой тоже. — Борис следовал за ней изгибистой тенью.

Он не заметил, как они оказались на Воробьевых горах: воздвиглись свежие массивы майских лип, зашелестел легкомысленный бред теплого ветра, асфальтовые реки понесли стайки яркой и громкой молодежи на скейтбордах. С берлинской лазури неба беззвучно сдирался шелк высоких московских облаков.

— В таком случае что есть наша биография? — сумрачно произнесла Виктория, обращаясь к панораме залитой неярким солнцем Мо-

сквы. — Череда вынужденных событий, обидных паллиативов, зигзагов в темном лабиринте экзистенциальной беспомощности? Или просто шизофрения?

— А если — и то и другое? — Борис снова догнал и снова попытался взять ее за руку.

И она снова легким движением высвободила свою тонкую, хрупкую, такую мучительно желанную руку:

— Я до сих пор не могу осознать одного: если век-волкодав растворял биографии в коллективном кипящем тигле, чтобы выплавить нового послушного гомункулуса, смотрящего на звезды и спрашивающего: “Что это?”, то век *Silicon Valley* штампует биороботов, которые…

— …смотрят на звезды и называют формулу термоядерной реакции, порождающей звездный свет. Виктория!

Она остановилась, как окликнутое животное, не оборачиваясь к нему.

— Почему вы отказываете мне в радости простого прикосновения?

— Борис, я же сказала, что безнадежно старомодна.

— Старомодность не означает бесчувственность. Вы прикрываете этим свой страх потерять со мной какую-то важную степень свободы? Поверьте, я не отниму у вас ничего. Скорее — добавлю. Чистое прикосновение! Это же… так прекрасно! Я столько раз прикасался к вашим

стихам! Почему же вы запрещаете потрогать вас? Неужели одно противоречит другому? Nonsense! Здесь прошелся загадки таинственный ноготь. Поздно. Утром, чуть свет, перечту и пойму. А пока что…

— Любимую трогать так, как мне, не дано никому… — продолжила она со вздохом обреченности. — Ах, Борис, это великолепно, что вы романтик. Но вы агностик. Я догадываюсь, что для вас любовь — всего лишь сумма прикосновений. Пусть и романтических.

— Неправда!

— Вы придумали меня.

— Вы уже есть.

— Вы лепите миф.

— Я очарован вами, Виктория.

— Поэтом, поэтом…

— Женщиной! Жен-щи-ной! Я иду рядом не с поэтом, а с женщиной. С вами! Я… так очарован. К счастью, это невыразимо…

— Вы очарованы собой, придумавшим очаровательную Викторию.

— Ваши речи — безумие! По-вашему, я банальный соблазнитель? Вика, побойтесь Бога!

— О, я боюсь Его, боюсь… — вздохнула она, двинувшись дальше, как сомнамбула.

Борис пошел рядом, любуясь ее острым профилем редкой птицы, навсегда изгнанной из крикливой стаи. Этот профиль разрезал панораму Москвы, смарагдовые глаза пронизы-

вали весенний ландшафт, волосы цвета индиго обрушивались на ее очаровательные угловатые плечи отравленным водопадом. Она двигалась завораживающе плавно и легко, но в этом не было никакого расчета, никакой позы, у нее все выходило само собой. Это гипнотизировало.

— Давайте лучше читать стихи, — предложила она, неотрывно глядя вперед.

— Ваши? Мои?

— Нет, не мои и не ваши. Вернее, вот что…

Она нервно усмехнулась.

— Что? — спросил Борис.

— Договор.

— Какой же?

— Старомодный.

— Кровью? Согласен!

— Нет, пока не кровью. И даже не спермой.

— Чем же?

— Словами: вы читаете стихотворение. Если оно удивит, я позволю вам взять меня за руку.

— Любое?

— Нет. Серебро. Только серебро. Не золото, не бронзу и не тефлон.

— Прекрасно! В трюмо испаряется чашка какао…

— …качается тюль, и — прямой дорожкою в сад, в бурелом и хаос к качелям бежит трюмо, — тут же продолжила она.

— Меня преследуют две-три случайных фразы…

— …весь день твержу: печаль моя жирна.

Борис сорвал молодой, клейкий липовый лист, свернул, понюхал:

— Было душно от жгучего света...

— ...а взгляды его как лучи.

Борис скомкал и отбросил лист:

— От любви твоей загадочной, как от боли, в крик кричу.

— Стала желтой и припадочной, еле ноги волочу.

Виктория подхватывала строфу, как волан. Они миновали церковь и двинулись по асфальтовой протоке, сдавленной аллеей неухоженных лип. Борис хранил молчание шестьдесят шесть шагов, словно готовясь к старту на этой пустой дорожке.

— Ты войдешь и молча сядешь близ меня, в вечерний час...

— ...и рассеянно пригладишь на груди атлас...

Он снова замолчал. И рассмеялся:

— Виктория, я обожаю вас все сильнее!

— Не заговаривайте мне зубы, дамский угодник.

— Вы... удивительная. Вы потрясающая.

Она молчала, плавно и легко двигаясь по пустой аллее. Ее черные туфельки без каблуков бесшумно ступали по асфальту. Она словно шла себе навстречу.

Борис решительно вздохнул:

— Ищи меня в сквозном весеннем свете. Я весь — как взмах неощутимых крыл.

— Я звук, я вздох, я зайчик на паркете.

Зло хлопнув в ладоши, Борис тут же продолжил:

— О путях твоих пытать не буду, милая, ведь все сбылось.

— Я был бос, а ты меня обула ливнями волос и слез.

Он выбросил вперед руку, словно пытаясь раздвинуть аллею:

— Рас-стояние: версты, мили. Нас рас-ставили, рас-садили.

— Чтобы тихо себя вели по двум разным концам земли.

Зло вскрикнув, Борис забежал вперед, развернулся и угрожающе замедленно пошел на Викторию:

— Да, я знаю, я вам не пара, я пришел из другой страны…

— …и мне нравится не гитара, а дикарский напев зурны.

— Вика, это невозможно! — Он топнул ногой по неотзывчивому асфальту. — Вы Лилит? Черт возьми! Что вы делаете здесь, в нашем мире изгнанных из рая?!

— Сдаетесь, жалкий соблазнитель?

— Нет, нет, нет!! — взвопил он так, что с липы сорвалась ворона и с карканьем полетела в сторону сталинской громады университета.

— Зачем ты за пивною стойкой?! Пристала ли тебе она?! Здесь нужно быть девицей бойкой! Ты нездорова и бледна!!

— С какой-то розою огромной у нецелованных грудей, — а смертный венчик, самый скромный, украсил бы тебя милей.

Борис замахал на нее руками, словно на навязчивое привидение:

— Пурпурный лист на дне бассейна сквозит в воде, и день погас…

— Я полюбил благоговейно текучий мрак печальных глаз.

Он оцепенел мраморной статуей навечно проклятой аллеи, кусая свои губы:

— Двадцать первое. Ночь. Понедельник. Очертанья столицы во мгле.

— Сочинил же какой-то бездельник, что бывает любовь на земле, — произнесла на ходу Виктория нараспев, запрокидывая лицо к линяющему небу.

Борис прыгнул с места, снова забежал вперед, остановился перед ней, изображая ладонями букву "Т":

— Well, give me a break! A break!

— Да, пожалуйста… — Виктория со вздохом обошла его, словно севший на мель дредноут. — Вон там можно испить кофия.

Он доверил свой взор ее пальцу: в зелени различались белые оконные переплеты.

— Кофе… да, да, кофе… — забормотал он, как после ледяного душа. — Мы непременно должны сейчас выпить кофе.

Она молча направилась к переплетам. Он извивался вокруг:

— Не кончено, не кончено, желанная и жестокая. Клянусь, я одолею вас. Я не могу не одолеть… я… я жажду сокрушить вас, пробить железный панцирь ложных страхов… и испить чашу прикосновения. Я раскрою вас, мраморная устрица! И выпью вас до дна! Осушу одним глотком!

— Смотрите не захлебнитесь. — Она сорвала большой ореховый лист, положила на левый кулак и звучно прихлопнула правой ладонью.

Свежевыкрашенным летучим голландцем кафе выплыло на них из сочной зелени.

Борис кинулся к стоящему у веранды столику, отодвинул пластиковый стул и, рухнув на колени, обнял его, как драгоценное изваяние:

— Ловлю ваше божественное тело, о временно недоступная!

Виктория опустилась на стул, закинула ногу на ногу, раскрыла обсыпанную бисером сумочку, извлекла из нее черную стрелу мундштука, вставила сигарету.

Коленопреклоненный Борис тут же возжег маленький факел. Прикурив и затянувшись, она выпустила струю дыма в приближающегося официанта:

— Кофе! Черный, как смерть.

— А мне ни-че-го… — пропел завороженный ее профилем Борис.

Внутри решетчатой веранды молодая компания перекидывалась угловатыми междометиями.

— Здравствуй, быдло младое, незнакомое... — сощурилась на них Виктория, качнула ногой и прикрыла ладонью свое острое колено. — Как вы полагаете, Борис, восстанет русская культура когда-нибудь из радиоактивного красного пепла?

— Даже сквозь бетон прорастают цветы. — Борис стоял на коленях, до боли в пальцах сжимая ребристый пластик стула, словно тюремную клетку.

— А если этот бетон радиоактивен?

— Тогда прорастет диковинный цветок.

— Багрово-фиолетовая орхидея?

— С запахом гниющей плоти.

— Слишком красиво, чтобы быть правдой... — Она стряхнула пепел и замолчала.

Борис остался стоять на коленях, притягивая человеческие взоры. Молодая компания ненадолго смолкла, уставившись на него сквозь решетку террасы. Борис глянул на них:

— Корнями двух клыков и челюстей громадных оттиснув жидкий мозг в глубь плоской головы...

— ... о махайродусы, владели сушей вы в третичные века гигантских травоядных.

Борис грозно расхохотался и с рычанием впился зубами в пластиковый подлокотник.

— Давайте только фауну и флору оставим в покое, — произнесла Виктория.

— D'accord!

Перед Викторией на столе возникла чашка кофе. Ее тонкие губы протянулись к черному озеру, коснулись и отпрянули, убедившись:

— Магма.

Это заставило Бориса встать и сесть за стол. Его взгляд покрыл Викторию омофором желания.

Она почувствовала. И привычно повела острыми плечами, сбрасывая невидимую ткань:

— И долго вы намерены отмалчиваться?

Лицо Бориса вмиг окаменело:

— Вооруженный зреньем узких ос, сосущих ось земную, ось земную…

— Я чую все, с чем свидеться пришлось, и вспоминаю наизусть и всуе.

Борис замолчал. Но ненадолго:

— Что сердце? Лань. А ты стрелок, царевна. Но мне не пасть от полудетских рук…

Она продолжила с выпускаемым дымом:

— И промахнувшись, горестно и гневно ты опускаешь неискусный лук.

Каменное лицо Бориса стало чугунным. Он разлепил отяжелевшие губы, но Виктория предупредила:

— Я буду пить кофе.

И он замер с полуоткрытым ртом.

Виктория подносила чашку к губам, словно пила саму себя. Этот напиток не радовал, но успокаивал ее. Опустошив чашку, она встала и пошла:

— Рассчитайтесь, несчастный.

Борис швырнул в официанта комом денег и громко поспешил за ней:

— В глазах пески зеленые и облака…

— По кружеву крапленому скользит рука.

Она вытянула из мундштука окурок, кинула в лужу, из которой пил голубь:

— Борис, вы предсказуемы. Хотя и сильный поэт.

— Не оскорбляйте меня, Виктория!

— Я просто называю вещи своими именами…

— Наше поприще не завершено.

— Я готова продолжить, пожалуйста.

Они спустились к Москва-реке.

— Корабли оякорили бухты… — Виктория сощурилась на прогулочный катер, причаливающий к пристани. — Прокатите меня, рыцарь бледный.

— Avec plaisir!

Они устроились на корме спереди. Катер отчалил. На палубе присутствовали редкие пассажиры.

Катер поплыл, рассекая сонную воду. Виктория рассекала взглядом влажное пространство.

Борис с нескрываемой ненавистью обсасывал глазами ее острый профиль:

— Я сжечь ее хотел, колдунью злую, но у нее нашлись проклятые слова.

— И вновь я увидал ее живую: вся в пламени и в искрах голова, — донеслось в ответ.

Борис ударил кулаком в леерную стойку так, что та загудела:

— Язычница! Как можно сочетать твою любовь с моею верой? Ты хочешь красным полымем пылать, а мне — золой томиться серой.

Острый профиль Виктории молча разрезал нечистую воду Москвы-реки. Борис торжествующе воздел кулаки к высокому небу, раскрыл их двумя победными звездами-пятернями. И набрал в легкие побольше речного воздуха для торжествующего крика.

Но тут губы Виктории беспощадно разошлись:

— Ищи себе языческой души, такой же пламенной и бурной, — и двух огней широкие ковши одной скуются яркой урной.

Борис замер с воздетыми руками, словно Орион, пронзенный стрелой Дианы. Вместо победного вопля изо рта его бесцветной змеей выполз стон разочарования в себе.

Чтобы прийти в себя, разочарованного собою, ему пришлось нанести по стойке еще несколько гулких ударов.

Виктория качала левой ногой, положив ее на правую.

Борис наступил на горло своему разочарованию:

— Пришла опять, желаньем поцелуя и грешной наготы в последний раз покойника волнуя, и сыплешь мне цветы.

Ее нога качнулась в такт размеру:

— А мне в гробу приятно и удобно, я счаст-

лив, — я любим! Восходит надо мною так незлобно кадильный синий дым.

Теперь Борис замолчал надолго.

Молча проплыли мимо Кремля.

— Я проголодалась, — сообщила Виктория.

Он молча кивнул.

Они сошли на Фрунзенской набережной. Неподалеку покачивался плавучий ресторан.

— Сюда? — рассеянно предложил Борис.

— Сегодня мне почему-то все равно куда и с кем, — ответила она.

— Потому что сегодня вы злая и бесчувственная.

— Возможно…

Вскоре они сидели на веранде ресторана, и Виктория пригубливала тосканское вино.

Борис заказал себе водки. Выпив рюмку, он кинул в рот большую жирную маслину, зло пожевал и громко выплюнул косточку на пол:

— Листья падали, падали, падали, и никто им не мог помешать.

Виктория сделала глоток:

— От гниющих цветов, как от падали, тяжело становилось дышать.

Борис с ненавистью уставился на нее.

— Ну что вы яритесь, юноша. — Она спокойно выдержала его взор. — Я же не принуждала вас к договору.

— Скажите, Виктория, вы… человек?

— Сдается мне, что да.

— Может, вы репликант?

— Не играйте в голливудскую банальщину. Это не ваше.

— Но я теряюсь! Просто теряюсь!

— О, еще не все потеряно, друг мой. — Она подняла бокал. — Хочу выпить за вашу настойчивость.

Он молча налил себе водки и тут же размашисто выпил. Виктория отпила, покачала бокал, ловя вином уходящее золото солнца, и снова отпила.

Подошел рослый официант.

— Я хочу рыбу из Средиземного моря, — сообщила ему Виктория.

— А я… не знаю… что-нибудь… — забормотал Борис. — Мясо… мясо какой-нибудь коровы…

— Есть дорада и сибас, аргентинская говядина, свинина тамбовская, цыплята подмосковные, — забубнил официант.

— Дорада.

— Корова.

Официант исчез.

Борис снова выпил.

Виктория с полуулыбкой разглядывала его краснеющее от водки лицо:

— Вы сейчас напьетесь и начнете читать Есенина.

— Я из него почти ничего не помню. Сыпь, гармоника, частую, частую…

— Пей, выдра, пей… — Она утопила смешок в бокале. — Пью.

Уперевшись взглядом в ее бледное лицо, Борис почти запел:

— Зеленою кровью дубов и могильной травы когда-нибудь станет любовников томная кровь.

— И ветер, что им шелестел при разлуке: "Увы", "Увы" прошуршит над другими влюбленными вновь. Послушайте, Борис. Давайте не будем смешивать поэзию с едой. Смените слова на мясо. Временно.

Они замолчали.

Быстро прикончив двухсотграммовый графинчик водки, Борис угрюмо заказал трехсотграммовый. Чем больше он пил, тем мрачнее становился. Виктория потягивала вино, глядя в свои миры сквозь Бориса.

Еда не заставила долго ждать: жаренная на гриле дорада и огромный стейк возникли на столе. Виктория перекрестилась и стала хладнокровно препарировать дораду. Опьяневший Борис ел громко и неряшливо. Его графин быстро пустел. Вдруг он замер, уставясь на недоеденный стейк, как на саламандру. Вскинул руку и поманил мизинцем официанта.

Тот подошел.

— Любезный, что это? — Борис поддел ножом янтарную прослойку жира с края стейка.

— Это говяжий жир.

— Жир? — Борис поднял на официанта остекленевшие глаза.

— Жир. У рибая всегда имеется.

— Жир? Имеется?

— Да, жир.

— Говяжий?

— Да, говяжий жир.

Борис вырезал жир, положил на ладонь и отвернулся от официанта:

— Зови администратора.

Официант удалился. Борис сидел с жиром на ладони.

— Я слышала, что вы скандалите, когда выпиваете. Для стихов это хорошо?

— Совсем охамела столичная сволочь... — пробормотал Борис.

Лицо его налилось кровью. В остекленевших глазах вспыхнула ярость. Виктория отложила вилку и нож, дожевывая, быстро промокнула губы.

Подошли официант и невзрачная молодая женщина на лабутенах.

— В чем проблема? — с кислой приветливостью улыбнулась администратор.

— Вот в чем! — Борис показал жир.

Но едва она открыла рот, чтобы что-то произнести, он с силой швырнул жир ей в лицо:

— Хамьё-ё-ё-ё!!

Жир попал администратору в левый глаз.

Были крики и взвизги. Был топот охраны. Был опрокинутый стул. Была неравная борьба. Была

разорванная рубашка Бориса, связанного и уложенного в кабинете администратора на диван. Был угрожающий рев Бориса в диван. Был наряд полиции. Был звонок Виктории старому поклоннику из Думы. Были отданные деньги. Был блюющий на набережной Борис. Был Борис, грозящий Кремлю кулаком. Был Борис, мочащийся в Москва-реку. Был Борис, читающий стихи Виктории и двум бомжам. Был Борис, воющий на луну. Был Борис, падающий на руки Виктории.

Он проснулся.

Солнце пробивало шторы.

Поднял голову, оглядываясь. Незнакомая комната. Книжные полки. Книги. Картина. Кабаков. Фото. Виктория. Виктория с отцом. Виктория с сыном. Юная Виктория с Бродским.

"Я у нее? О, my God..."

Он сел на узкой кровати. Рядом на спинке стула висел синий китайский халат, а на сиденье стояла бутылка воды. Он глянул на свое тело: голый.

— Так. Интересно...

Взял бутылку, открыл и жадно ополовинил. Рыгнул. Вспомнил вчерашнее. Рассмеялся:

— Когда б вы знали...

Покачал головой: не болит. То есть совсем не болит. Фантастика.

“А! Я же блевал. Блевал? Да. Точно блевал”.

— …из какого сора…

“Поэтому и похмелья нет…”

— Проблеваться полезно, Боря.

Встал, надел приятно-прохладный халат. Завязал узкий пояс. Прошелся босиком до двери. Открыл.

На небольшой белой, залитой солнцем кухне пила кофе Виктория.

— Доброе утро, рыцарь говяжьего жира.

Он молча вошел на кухню.

Виктория сидела за белым столом. На ней был халат серого шелка.

— Вашу разодранную варварами рубашку я выбросила. Остальное стирается. От моего последнего мужа осталось две рубашки. К сожалению, он еще жив, поэтому можете смело выбрать. Кофе будете? Или душ?

Он стоял. Смотрел на бледную кожу в проеме ее халата. На голые колени. Она тоже была босой. Узкие ступни. Короткие, почти детские пальцы ног. Крохотные ногти. Винный лак.

Она не покачивала, а именно болтала ступней под столом. Совсем как девочка.

“Под халатом голая”.

У него резко потеплело в солнечном сплетении.

И шевельнулся маяковский.

— Мы… не закончили, — произнес он севшим голосом.

— Да? Ну, тогда у вас последняя попытка.

Волна вольфрамовых иголок покатилась от его поясницы вверх, вверх. По спине, плечам, шее. К мочкам ушей. Знакомая колючая волна.

— Последняя строфа, рыцарь.

Он кивнул.

Развязал пояс.

Распахнул халат.

Восставший маяковский закачался над столом.

Смарагдовые глаза Виктории остановились на маяковском.

— Вот моя последняя строфа, — с трудом справляясь с дрожью в голосе, произнес Борис. — Я жду вашу.

Она молча встала. Пальцы дернули кончик узла пояска. Халат упал беззвучно.

Бледное нежное тело. Острые плечи. Небольшая грудь с девичьими сосками. Стройные бедра. Беспомощные бедра. Завораживающие бедра. Желанные бедра.

— А вот моя. — Она развела их.

Ее голый лобок. Розовая щель. Зашитая крест-накрест. Толстой золотой нитью: XXX.

Борис замер.

— Простите, Борис, я не сказала вам. Уже пятый день как я прозаик, а не поэт. Я пишу великий роман. И чтобы его написать, нужно соответствовать.

Борис молча смотрел.

— Вы знаете хоть один великий роман, написанный женщиной? Хотя бы уровня "Улисса"?

— Нет... — прохрипел Борис, не в силах оторвать взгляда от золотого XXX.

— И я не знаю. Джойс! А что говорить о Достоевском, Сервантесе, Рабле?

Борис стоял парализованно.

— Я собираюсь нарушить эту безнадежную традицию. Поэтому нужны радикальные решения. Я наступила на горло своей женственности.

— На... горло? За... чем?

— Проза и женственность несовместны.

Маяковский вздрогнул.

— И... когда это...

— ...я перережу? Когда закончу великий роман. А великие романы, дорогой мой рыцарь полной луны и волчьего воя, не пишутся быстро.

Легко наклонившись, она подняла халат, облачилась в шелк, села, качнула ногой:

— Скажу откровенно, не самое уютное чувство. Но — нужно терпеть. Per aspera ad astra. Так скажите, кофе или душ?

Борис стоял молча.

Ожидаемые похмельные слезы наполнили его глаза.

Одна из которых.

Сорвалась.

И упала.

На.

Голову маяковского.

· Белый квадрат ·

Кириллу Серебренникову

Ведущий. Здравствуйте! Вас приветствует программа "Белый квадрат". Сегодня мы поговорим о России. Наша великая, фантастическая и во многом непредсказуемая страна, которая, как пелось в песне, "веками непонятна чужеземным мудрецам", закономерно продолжает вызывать вопросы не только у этих, мягко сказать, мудрецов, но и у наших соотечественников. Один мой старый приятель недавно признался, что, прожив сорок с лишним лет в России, — представляете? — так и не понял, что у нас за страна. Причем человек он православный, патриот, интеллектуал, глубоко знающий нашу историю и культуру. Речь идет вовсе не о государственном строе. Каждый школьник знает, что Россия — федеративное, демократическое государство, с президентом и парламентом. Но какой об-

раз вызывает наша страна у нас? На что она похожа? Какие ассоциации вызывает? У каждого этот образ — свой. Уверен, что у многих эти образы совпадают. У некоторых — нет. И вовсе не только у пятой колонны. Это как раз лишний раз подтверждает ту самую загадочность России. Как раз — лишний раз! Я рифмами заговорил, вот какая важная тема у нас сегодня! Поговорим же об этом. За нашим белым квадратным столом сегодня, как и всегда, сидят четыре гостя. Многих из них вы узнали. Но у нас правило “Белого квадрата”: только имена, только профессии. Никаких званий, должностей, регалий. Итак: Ирина — муниципальный служащий, Юрий — военный, Антон — театральный режиссер, Павел — бизнесмен. Уважаемые гости программы “Белый квадрат”, я задаю всем вам один вопрос: на что, по-вашему, похожа Россия? Пожалуйста!

Аплодисменты в зале.

Ирина. Ну вот, и все тут же смотрят на меня… (*Смеется.*)

Ведущий. Ladies first!

Ирина. Да, да. Тогда я и начну. Что ж, знаете, наверно, все-таки для меня Россия — это песня. Звучит, конечно, немного наивно, да?

Ведущий. Вовсе нет.

Ирина. Вот… песня. Песня. Русская, слегка грустноватая, долгая песня. Которую я слышала еще в детстве, когда и слов-то не знала, но ее кто-то пел рядом, это было зимой, я помню этот холод, окна замерзшие в нашем городке. И эта песня. И когда произносят "Россия", вот это: Рос-си-я, я сразу вспоминаю эту мелодию, этот иней на окнах, бабушку на кухне, ее пироги с вязигой, маленького брата, наших пушистых котов, снег, улицу, сугробы, хороших соседей, игры, школу, мечты разные, и сразу это детское чувство вот, ну, что мы живем в очень большой стране, великой, могучей, что где-то там далеко-далеко есть Москва с Кремлем и Спасской башней, и когда я вырасту, то поеду туда и все это увижу. А песня все звучит и звучит. Как и раньше. И пока она звучит, пока ее поют, знают ее слова, помнят мелодию, жива Россия.

Аплодисменты в студии.

Ведущий. Замечательно вы начали, Ирина! Этот образ, думаю, очень многим в нашей стране понятен и близок. Россию без песни не представишь. Антон, вы готовы продолжить?

Антон. Да, конечно. Ирина хорошо сказала, песня, песня в детстве, это незабываемо, это врезается в первую память на всю жизнь. У меня такой песней была "Голубой вагон".

Она как-то потеснила все русские народные песни, хотя их пели и в семье, и в детском саду, а въелась в память навечно только эта. Но все-таки я хочу сказать не о песнях, а об образе России — я признаюсь, что у меня он все-таки несколько другой, чем у Ирины. Я представляю нашу страну в виде огромной, гигантской, нечеловеческой по размеру вши. Причем сильно замороженной, спящей в своем глубоком анабиозе. Размер ее равен географическому размеру России: голова и рот, или, как там, педипальпы, находятся где-то у границы с Белоруссией, в районе Чопа, а зад — в районе Сахалина, нависает над Тихим океаном. И эта гигантская вошь спит, она неподвижна. Она вообще редко просыпается, ее пробуждение — подарок для всех нас. Мы живем на этом ледяном чудовище, ползаем по нему, пугаемся, восхищаемся его необычными формами и ждем его пробуждения. Ждем с нетерпением и ужасом. Иногда много десятилетий, вот как сейчас, например.

Аплодисменты.

Ведущий. М-да! Антон, недаром каждый ваш спектакль вызывает скандал! Что там с последним судебным процессом из-за “Мертвых душ”?

Антон. Выиграем, выиграем.
Ведущий. Ой ли?

Смех.

Антон. Живые души адвокатов помогут!

Смех.

Ведущий. Желаю успеха живым душам! Что ж, каждый образ мы обязательно подробно обсудим, но сейчас пока должны все высказаться. Юрий!
Юрий. Знаете, меня когда пригласили в “Белый квадрат”, то, раскрою секрет, сразу засветили и эту тему сегодняшнюю. И у меня было несколько дней, чтобы подумать, собраться с мыслями. Для меня Россия всегда была похожа на пещеру. Такую пещеру тайн. Огромная, бесконечная темная пещера, вся в сталактитах-сталагмитах, с дырами, провалами разными, темными такими, там конца нет, не сыскать, нет дна в них. Пещера необъятная. И в этой пещере есть сокровища. Они светятся в темноте. Ты идешь по пещере, она неровная, много опасностей там на каждом шагу, можешь упасть, провалиться, но впереди ты видишь — мерцание. Это ее богатства. Богатства России. Они светятся в темноте, они манят, к ним тя-

нешься. И их огромное количество, много, не счесть...

Ведущий. ...алмазов в сумрачных пещерах?

Юрий. Да! И не только алмазов. Речь идет не только о золоте, нефти, там, газе. Россия богата своим нутром, тем, что у нее внутри, в душе. Духом своим! Это наше главное богатство.

Аплодисменты.

Ведущий. Прекрасно! Однако какое сразу обозначилось разнообразие в образах, да? (*Обращаясь к залу.*) Наши гости сегодня воистину подтверждают непредсказуемость нашей страны!

Аплодисменты.

Павел. Я, наверно, не буду столь оригинальным, если скажу, что для меня Россия всегда была связана с процессом борьбы. Борьбы за выживание, за здравое мнение, за комфорт, за верных друзей, за любовь, за семью, за бизнес, наконец. Все сидящие за этим столом родились в советское время, все его помнят в той или иной мере. Так вот, когда у моей жены родилась дочь, первое, что сделало советское государство, — забрало ребенка у роженицы, отнесло в другую палату, куда матерям вход был несколько закрыт. Это была такая тради-

ция советская, думаю, все рожавшие в советское время помнят. И конечно, ни о каком присутствии отца на родах, как это сейчас происходит во всем мире, речи не шло. Я даже в роддом попасть не мог, мы, отцы, ходили кругами вокруг него, заглядывали в окна, что-то пытаясь увидеть. И тогда просто я передал три рубля нянечке, чтобы она позволила моей жене ночью пройти в палаты с грудничками и увидеть нашу Олю. Можете представить такое? Мать за деньги, крадучись, как воровка, идет посмотреть на свое дитя! Борьба! В нее был вовлечен даже грудной ребенок с первых своих дней. За все приходилось и приходится бороться, все нужно преодолевать на каждом шагу! Вот что такое Россия!

Аплодисменты.

Ведущий. Да уж, мне это трудно представить, я был с женой рядом, когда она рожала, мы вместе прошли через это, и сына, когда тот родился…

Павел. Положили матери на грудь, так?

Ведущий. Да, даже еще не обмыв, положили жене на грудь. Это было… незабываемо. Но, Павел, в царской России детей не уносили куда-то, да, но выживали ли они все тогда? В деревнях, например? Там и роддомов-то не было! Уносить можно было только в хлев

к коровам! Не уносили, клали на грудь. А сколько умирало? У Льва Толстого, графа, умерли, кажется, четверо детей!

Павел. Но ведь кладут дитя на грудь не только люди, но и животные во всем мире!

Антон. И не за три рубля.

Павел. И не за три рубля!

Ведущий. Три рубля для нянечки пожалели? Вот жадина!

Смех.

Павел. Тогда для нас это были приличные деньги.

Ирина. Мне тоже клали дочку на грудь. Это было уже в Российской Федерации.

Ведущий. Представляю, как это было красиво! Картина Рафаэля!

Аплодисменты.

Павел. Слава богу, хоть в наше время...

Антон. Навсегда ли, вот вопрос!

Аплодисменты.

Ведущий. Будем надеяться! Все-таки Россия движется вперед. Трудно, непросто, но движется. И то, что мы можем все это спокойно обсуждать в этой студии, — тому пример!

Аплодисменты.

Ведущий. Итак, я сразу запускаю нашу машину голосования. Сидящие в студии могут отдать свой голос за каждый образ России, заявленный нашими гостями: "песня", "ледяная вошь", "пещера", "борьба". Голосуем! А мы продолжаем. У меня первый вопрос к Ирине: вам, Ирина, в вашем перспективном округе песня строить и жить помогает?

Ирина. На День города у нас так пели и плясали!

Ведущий. И пенсионеры тоже?

Ирина. Конечно!

Ведущий. Помахивая квитанциями с новыми тарифами ЖКХ?

Хохот.

Ирина. Последние пять месяцев в нашем округе тарифы не растут. И не будут расти в ближайшее время. Обещаю!

Ведущий. Вот это хорошая песня! Мы все ее подхватим!

Аплодисменты.

Ведущий. Антон, скажите, вот эта ваша ледяная вошь, она что, сосет народную кровь?

Антон. Она достаточно насосалась за двадцатый век.

Ведущий. И теперь переваривает?

Антон. Да, переваривает, медитирует, отдыхает.

Ведущий. А мы?

Антон. А мы ею любуемся, поклоняемся, пишем о ней песни, снимаем фильмы.

Ирина. Почему у вас такой отвратительный образ нашей страны?

Антон. Оглянитесь на XX век. Десятки миллионов жертв. Невинных жертв, убитых монстром по имени СССР.

Ирина. Но мы живем в РФ.

Антон. Да! Другие буквы, но генетика монстра осталась той же. Не вся, не вся, конечно! Многое изменилось к лучшему. Но в основном… генетика государства не поменялась.

Юрий. А почему вошь, а не медведь, например?

Ведущий. Да! Почему не медведь? Это животное больше похоже на Россию: спит долго, зато, когда просыпается, начнет так ворочаться, так реветь да чесаться, что мало не покажется никому!

Смех.

Антон. Медведь — образ из детских сказочек. Архипелаг ГУЛАГ — не сказка.

Ведущий. Значит — вошь?

Антон. Вошь.

Ведущий. Простите, Антон, это простая вошь или лобковая?

Хохот.

Антон. Мне не смешно. А грустно.

Ведущий. Что ж, имеете, имеете право погрустить… Павел, скажите, вот эта ваша борьба, она идет от Маркса или, пардон, от “Майн кампф”?

Павел. Не то и не другое. От каменного века. Это борьба за выживание.

Ведущий. Стало быть, Россия с каменного века не изменилась? У вас каменный топорик вместо айфона? Какой модели? Восьмой, надеюсь?

Смех.

Павел. Айфоны делают в Америке. Проблема России в том, что мы все живем отдельно от государства. Между нами пропасть. И она растет. Поэтому борьба за выживание нарастает с каждым годом.

Ведущий. Ирина, вы согласны?

Ирина. Нет. Проблемы есть. А пропасти нет.

Аплодисменты.

Павел. Ну, у вас, конечно, нет никакой пропасти. Вы же часть государства.

Ирина. И часть народа. А вот вы — часть народа?

Павел (*со смехом*). Я и есть народ!

Ведущий. Ой ли?

Смех, аплодисменты.

Ведущий. Хорошо! Юрий, в вашей пещере горного короля алмазы и изумруды русской духовности по-прежнему неисчерпаемы? Или все-таки некоторые месторождения уже опустели?

Юрий. Многое растрачено, многое просто загажено…

Ведущий. Пятой колонной?

Юрий. Коррупционерами. И пятой колонной. Но есть новые залежи, новые месторождения, открытые недавно, в наше время.

Аплодисменты.

Антон (*с иронией*). Да, они просто… сверкают в темноте! Фонтанируют алмазными гейзерами духовности.

Юрий. А вы завидуйте, завидуйте.

Антон. Хотел бы, да нечему.

Ведущий. Вас народная духовность раздражает?

Антон. Не духовность, а ее отсутствие.

Ведущий. По-вашему, современная Россия бездуховна?

Антон. В основном — да.

Ведущий. Вам уже дали денег на новый спектакль?

Смех.

Антон. Дали, дали. Будем повышать духовность народа.

Юрий. Голыми валькириями?

Антон. И ими тоже.

Ведущий. Голые валькирии вы-соко-духовны!

Смех.

Ирина. Антон, моя дочь — ваша большая поклонница. И то сказала после последнего спектакля: мама, там перебор с голыми попами.

Смех.

Юрий. Да, на голые попы денег у нашего государства хватало и будет хватать. Вот на ветеранов оно тратится неохотно.

Павел. А на врачей, учителей — охотней?

Юрий. Ну, им хоть что-то прибавляют.

Антон. На скрепы?

Юрий. Опять ирония. Вам не скучно?

Сигнал "Голосование завершено".

Ведущий. Друзья! Голосование "Образы России" завершено. Итак: за "песню" проголосовало 37%, за "пещеру" — 31%, за "борьбу" — 28% и за "ледяную вошь" — 4%. Антон, вы оказались в меньшинстве. Так что мы вправе не поверить вашему тезису о бездуховно-

сти России. А победил образ “Россия — это песня”!

Аплодисменты. Сигнал “Движуха пошла!”.

Ведущий. Время Белой Движухи!

Звучит песня: “Пришла Движуха Белая, квадратам нет числа!”

Ведущий. Пора двинуться, друзья! Продукт в студию!

Под песню в студию входят четыре очаровательные медсестры в коротких белых халатиках; у каждой в руках небольшой поднос, на нем — шприц, жгут, вата, пузырек со спиртом.

Ведущий. Итак, сегодня программа “Белый квадрат” предлагает гостям двинуться новым продуктом, неделю назад разрешенным к употреблению. Это БД-4! Аплодисменты!

Аплодисменты.

Ведущий. Наши очаровательные девушки: Соня, Вера, Фатима и Наташа — помогут вам!

Сидящие за белым столом гости обнажают руки, медсестры делают им внутривенную инъекцию.

Ведущий. БД-4 — удивительный препарат. Самое замечательное в нем — ненавязчивость. Он дает бодрость, ясность ума, обостряет чувства, но все это — неагрессивно, ненавязчиво, предельно деликатно. Он двигает, но — мягко, не принуждая вас, а — предлагая. Он продолжает все ту же, ставшую уже знаменитой формулу БД. Но от БД-3, который вы знаете уже полгода, который полюбили многие россияне, который воспет нашей великой рок-группой, о котором сказал такие добрые слова наш министр, все-таки он отличается. И не в худшую сторону! Очень не в худшую, дамы и господа! Сейчас наши гости это почувствуют. И сразу почувствуем мы! Как всегда, после Белой Движухи наша дискуссия выйдет на другой уровень, обретет новую валентность, наполнится новой энергией, новым смыслом и передаст все это нам! Друзья, нас ждет много интересного! Аплодисменты!

Аплодисменты.
Сделав инъекции, медсестры покидают студию. Четверо гостей сидят, держа ватки на сгибах локтей.

Ведущий. Все-таки в какой удивительной стране мы живем! Мы готовы в очередной раз с жаром обсуждать ее образ! Это поразительно! Ну, представьте ток-шоу на немецком, французском телевидении. Про американцев во-

обще умолчу... *(Смех.)* Чтобы все они всерьез размышляли об образе своей страны? Им давно уже все ясно. Там и вопрос так не стоит. Европа окостенела, это знает у нас каждый школьник. И они знают, знают. Но молчат! А у нас? Величие России в том, что она меняется, развивается, раскрывается, сверкая новыми гранями, удивляет и потрясает нас буквально каждый день!

Аплодисменты.

Павел. Вообще я не знаю... если хотеть... если даже знать... то есть, ну, проще сказать... когда хочется сделать что-то новое, сильное, совсем другое. А? Нужное, а?

Антон. Мощное, да?

Павел. Да! Мощное! Яркое! Совсем другое! Чтобы сияло именно как "другое"! Как вывеска неоновая, а?

Ведущий. Ну вот, пошла Движуха Белая!

Аплодисменты.

Антон. Потому что надоело.

Юрий. Потому что заебало!

Ирина. До рвоты, до блевоты...

Павел. Остопиздело! Тускло и тухло остопиздело!

Ведущий. Так, уважаемые гости, мы, безусловно, запикивать умеем, но я бы попросил вас...

Ирина (*вставая, перебивая его*). Чего ты попросил? А?

Ведущий. Я попросил бы вас все-таки…

Ирина. Что, что ты можешь попросить, огрызок? (*Кидает в лицо ведущему ватку.*)

Ведущий. Ирина… мне непонятна ваша агрессивность.

Ирина. Чего ты просишь? Ты чего? (*Пинает ведущего ногой.*)

Ведущий. Так. Что-то пошло не так… (*Пятясь, наталкивается на Антона.*)

Антон. Куда ты лезешь, гнида… (*Хватает ведущего за пиджак, с силой дергает, разрывая шов на плече.*)

Ведущий. Я попросил бы… так, господа…

Юрий (*встает*). Вот тебе — господа! (*Сильно бьет ведущего кулаком по лицу.*) Говнила…

Павел (*хватает ведущего, валит на пол*). Помеха ты… обсос…

Ведущий. Позовите охрану!!

Юрий (*бьет ведущего*). Вот тебе охрана… вот тебе… вот…

Ирина (*пинает ведущего*). Будет мне еще указывать… сволочь…

Ведущий. Охрана!!!

Юрий (*садится на ведущего*). Лежать, нах…

Появляются двое охранников, подбегают.

Охранник. Так, что происходит?

Юрий (*сидя на ведущем*). Ничего не происходит.

Просто он нам всем наговнял. И вам тоже. Он преступник. Государственный!

Охранники стоят рядом.

Юрий. В каком полку служили, парни?

Охранники молча переглядываются. Ведущий начинает кричать, но Ирина зажимает ему рот.

Ирина. Лежи, не доводи нас!

Юрий (*охранникам*). Я спрашиваю: в каком полку служили?

Охранник. Ракетные войска. Что происходит?

Антон. Ребята, происходит то, что должно произойти. Сияние нового!

Павел. Именно! Сияние!

Юрий (*второму охраннику*). А ты где служил?

Охранник. На Балтике.

Юрий. Держи краба, моряк! (*Протягивает охраннику руку.*) Воины, вы знаете, что такое честь и месть? Чем это отличается? А? От честь и жесть?

Охранники молчат.

Юрий. Ну? Молчишь — хуй дрочишь? Пора знать, воины: честь и жесть лучше, чем честь и месть. Чем честь и лесть. Чем честь и весть. Чем честь и несть. И никуда, никогда, ни при

каких обстоятельствах ни хуя не надо лезть! Если это государственное дело. Ясно? Всё под контролем, парни! Свободны!

Охранники уходят.

Ведущий (*отчаянно*). Куда?! Назад!! Сережа, идиот, у них передоз!!!

Ирина (*закрывая ему рот*). Это у тебя передоз, огрызок!

Антон. Нет, нет пределов для нового и раздвигающего старые стены! Это как таран! Я ощущаю себя этим тараном! Я могу сокрушать старую рухлядь, ломать ее, дробить, перемалывать в новое, перспективное, то, что будет сиять впереди новой ледяной вошью! Эта вошь рассеет все сомнения, все старые гадости и мерзости, от нее отскочат, отлетят все эти пустышки, погремушки, микки-маусы, санта-клаусы, чебурашки, промокашки, покемончики, лимончики. Останется только честное! Только новое!

Павел. Сияющее! Как солнце!

Антон. Вечное останется! Вечное!! И почему я не слышу аплодисментов?! А?

Аплодисменты.

Юрий. Так. Нужно четыре ремня.

Павел. Каких?

Юрий. Крепких! Верных! Надежных!

Антон (*вытягивает из брюк ремень*). Вот! Для нового!

Павел. И мой бери. (*Вытягивает свой ремень.*) Для сияющего!

Ирина (*продолжая зажимать рот стонущему ведущему*). А у меня… нет ремня. Но я тоже должна, должна дать что-то на новое дело. (*Снимает блузку.*)

Ведущий. Зовите полицию, идиоты! Вас всех уволят и посадят!!!

Юрий. Тяни ремень из прошлого! (*Тыкает кулаком в лицо ведущего.*)

Ирина вытягивает ремень из брюк ведущего; Юрий вытягивает свой ремень.

Юрий. Братья и сестры, поднимем прошлое!

Они поднимают ведущего. Тот кричит, стонет и ругается.

Юрий. Кладите его на стол.

Антон. Новое! Все новое, бодрое, хорошее!

Павел. И сияющее!

Юрий. Крепите его ноги и руки к углам стола.

Лежащего навзничь на столе ведущего привязывают ремнями и скрученной блузкой за руки и за ноги к четырем углам стола.

Ведущий. Сережа!! Зови полицию!!! Чего ты ждешь?!! Идиот!!!

Юрий (*затыкает рот ведущему своим носовым платком.*) Злоба прошлого.

Ирина. Сколько злобы! А выглядит добрым. Кудрявым. Обманул?

Юрий. Обманул. И нас. И Россию.

Павел. Вечную Россию! Сияющую на солнце вечными льдами! Прекрасными льдами!

Антон. Обман? Как такое возможно?! Это... потрясает меня! Это рвет мне душу! (*Рыдает.*)

Ирина. Успокойся! Я люблю тебя!

Антон. И я тебя! (*Целует Ирину.*)

Павел. Я люблю вас! (*Целует Ирину и Антона.*) Невероятно люблю!

Антон. Надо убрать старое с нового пути, разбить, разрушить, развеять по ветру пыль и пепел прошлого! Впереди только новое, сильное и яркое!

Юрий. Надо все сделать правильно. Иначе потом уже будет поздно. Ничего не исправить!

Ирина. Мы должны все сделать правильно! Любимые мои! Сделаем все как надо!

Павел. Другого не дано! Новое и правильное! Сияющее и хорошее! Во имя России Сияющей!

Антон. Она сияет! Впереди! Для всех нас!

Аплодисменты.

Юрий (*достает из кармана складной нож "АК-47", раскрывает*). Вот. Здравствуй, мой старый и верный друг. Сколько ты повидал! Всегда носил, ношу и буду носить тебя с собой. (*Целует лезвие ножа.*) Ты никогда не предавал меня. Послужи нам и сейчас! (*Срезает одежду с распятого на столе ведущего; остальные помогают ему.*)

Антон (*бросает срезанную одежду на пол*). Это прошлое. Плохое.

Павел. Очень плохое! Зло!

Ирина. Голое зло. Мерзкое зло! (*Плюет в лицо ведущему.*)

Антон. Прошлое зло нужно преодолеть. Чтобы не заслоняло сияние России Вечной!

Аплодисменты.

Павел. Вместе мы все преодолеем!

Юрий. Братья и сестры! Беритесь правильно! И дружно!

Юрий делает надрезы на руках и ногах ведущего; четверо сдирают кожу с ведущего; тот сперва дергается, ревет, бьется, потом затихает.

Юрий. Дело великое! (*Отвязывает труп ведущего от стола, сваливает его на пол, ногой задвигает под стол.*) А теперь надо сделать важное. Беритесь, братья и сестры!

Они натягивают кожу ведущего на стол.

Юрий. Осторожно! Это невозможно порвать! Без спешки!

Антон. Осторожно! Последовательно! Точно! (*Предостерегающе покрывает плечи Ирины поцелуями.*)

Кожа натянута.

Юрий. Мы сделали великое и важное!

Аплодисменты.

Павел. Победа!

Ирина. Счастье!

Антон (*Ирине*). Время радости пришло! Новой!

Павел (*Ирине*). Сияющей!

Юрий (*срезает ножом одежду с Ирины*). Обрадуй нас! Ты должна!

Они помогают голой Ирине забраться на стол.

Ирина (*вскидывает руки вверх, начинает быстро крутиться на столе*).
Абабара!
Ахахара!
Ататара!
(*Кладет руки на пах, сжимает ноги.*)
Абабония!
Амамония!

Ахахония!
(*Сотрясается от оргазма.*)
Мамо рохма-а-а-а!!!
(*Разводит ноги, мочится на стол, трясясь и завывая.*)
Мамо стато я это не могу как постато-о-о-о!!
Вместе не надо стато а потом надо постато-о-о-о!!
Как они все стато так и мы все постато-о-о-о!!
Ничего не стато если мамо не постато-о-о-о!!
Всем стато всем и постато всем и постато-о-о-о мамо все-е-ем!!!

Ирина бессильно падает со стола, Юрий, Павел и Антон ловят ее. Она стонет в изнеможении.

Антон (*ритмично тряся головой, дрожа и притопывая ногами*). Пошли, братья! Братья, пошли! Пошли, братья! Братья, пошли!

Юрий (*совершая задом мучительные движения*). Делать, делать, делать, делать, делать, делать, делать хорошее!

Павел (*извиваясь*). И сияющее! Сияющее в темноте! В темноте темной, той тёме и темнице, как они все строили хорошую, нужную тьмумать тьмумать тьмумать сияющую! На века! На века!!

Стоная, всхлипывая, жадно и мучительно облизывая и обсасывая руки и ноги стонущей Ирины, уносят ее из студии.

Голос. Съемка закончена! Просим всех покинуть студию!

Зрители покидают студию. Через некоторое время в студию входят: директор телеканала, его заместитель, химик, режиссер программы, охранники.

Директор (*подходя к столу*). Финита. Прекрасно.

Зам. Продукт оправдал себя! Круто оправдал, а? Хоть и с перебором.

Химик. КД-1 не оставил БД-4 никаких шансов.

Режиссер (*качает головой*). Я… не могу поверить. Awesome!

Директор (*хлопает его по спине*). Верь, верь! Пришло время КД.

Химик. Но коррекция нужна.

Директор. Само собой… (*Заглядывает под стол.*) А то ведущих не хватит… М-да, продукт решил сразу две проблемы. А? "Бумбараш!" — как говорил мой покойный папа в таких случаях.

Режиссер. Бумбараш! Да! Это… вообще!

Зам. Никто не ожидал, а? И ты не ожидал? И мы! Вот что значит — лишние миллиграммы, а?

Химик. Полквадрата. Нужна коррекция, нужны новые R-тесты. Это займет две-три недели, нужен новый донорский посев, совсем небольшой.

Директор (*не слушая химика*). М-да… и третье: возник классический сюжет. Произвольно! И неотвратимо.

Зам. В смысле?

Директор. "Свежевание Марсия". Не знаешь? Найди.

Зам (*смотрит в планшет, ищет, находит, читает*). А! Круто! Но... Марсий был наказан Аполлоном за то, что выиграл свое состязание. Так?

Директор (*трогает носком ботинка труп под столом*). Он тоже выиграл. Уж точно не проиграл. (*Охранникам.*) Уберите труп. (*Заместителю.*) Оформишь как получение производственной травмы, несовместимой с жизнью.

Зам (*касается пальцами планшета*). Делаем.

Охранники уволакивают труп.

Директор. Снимите кожу со стола. И сверните аккуратно.

Охранник. Но... тут моча. Да и кровь...

Директор. И что?

Охранник. Может, вымыть сперва?

Директор. Моча — экологически чистый продукт. Как и кровь. Исполняйте! Сверните потуже.

Охранники снимают кожу со стола, аккуратно сворачивают.

Режиссер (*трогает залитый кровью стол*). Послушайте, если у нас пошла Красная Движуха, может, тогда и название поменять? "Красный квадрат"?

Директор. Это сразу подлипнет к Красному проекту. Большевики, Ленин, революция. На хер! “Белый квадрат” остается. Бренд, который все знают.

Зам. Песню только надо переделать: “Пошла Движуха Красная…”

Режиссер. “…квадратам нет числа”?

Директор. Да. А стол останется белым.

Режиссер. Затраты. Понадобятся.

Директор. Поможем. Я тебе ни в чем не откажу.

Режиссер. А ведущий?

Директор со вздохом утвердительно разводит руками.

Режиссер. Что… опять?

Зам (*с укоризненным смешком*). А кто еще? Есть варианты?

Режиссер (*морщась*). Нет, но может…

Директор. Не стоит. Время, время.

Режиссер. Ну хоть…

Директор. Без вариантов. Ты знаешь, какой год грядет. Он наползает, как ледник.

Зам (*режиссеру*). Ты что, боишься не сработаться? Выбрось из головы. Мы его держим за яйца. Все сделает, что надо.

Режиссер. Да нет, слушайте, тут дело же не совсем в…

Директор (*перебивает*). Сработаетесь. Без вариантов!

Режиссер (*недовольно*). Без меня меня женили. Опять, блин! Почему?

Зам. Потому что надо, старик! Мы все на бруствере стоим. А ты гений. И это знают все. Поможем. Будет хит года!

Директор (*охранникам*). Свернули?

Охранник показывает кожу, свернутую трубкой.

Директор (*берет кожу, нюхает. Сводит концы трубки вместе, протягивает охраннику*). Подержи-ка…

Охранник держит. Директор снимает с галстука золотую заколку, фиксирует ею вместе концы кожаной трубки. Получается кольцо.

Директор (*надевает кольцо на шею режиссеру*). Во! Поноси пока. Для вдохновения.

Режиссер (*с усталым ироничным смехом*). Ну-у-у спаси-и-ибо!

Директор. Пока! (*Хлопает режиссера по плечу, трогает кожаное кольцо.*) А красиво. Тебе идет. Потом обязательно занеси мне. И по стаканчику с тобой пропустим.

Все, кроме режиссера, покидают студию. Режиссер подходит к окну, открывает его. Закуривает. Смотрит на ночную Москву. Идет редкий снег.

Режиссер. Свежевание Марсия… (*Смеется.*)

Бруствер, блядь… Сомненья прочь, уходит в ночь бредок отдельный…

Снимает с шеи кольцо, нюхает, морщится.

(*Обращаясь к кольцу.*) Дружище, я на тебя ни разу голоса не повысил. А ты на меня часто орал. Звезда! (*Усмехается.*)

Надевает кольцо на руку, начинает вертеть.

Режиссер. Но вообще… как тебе сказать… в общем… ну… как там у гения: из моего рта будет раздаваться только благодарность. Всегда. Это… честно. Нет, правда. Без пизды. Спасибо тебе за все. Мы хорошо работали. Классно! Делали дело свое качественно. И ты был профи. Всегда. Так что… Белая Движуха или Красная — похер. Похер! Похер, похер, похер. Главное — профи. Мы — профи. Профи, профи, профи. Похер, похер, похер. Профи, профи, профи. Это решает. Это, это, это. Это, это, это… (*Вертит кольцо сильнее.*) Профи, профи, профи. Похер, похер, похер… профи… профи… профи… похер… похер…

Кольцо срывается с руки, падает за окно.

Режиссер. Еб твою! (*Смотрит вниз, достает айфон, звонит.*) Так, Сережа, быстро попроси охра-

ну снизу выйти, там снаружи справа от входа пусть на газоне найдут кольцо такое… как сказать… ну, оно, это, из папье-маше… нет, из пергамента такого свернуто, пусть найдут! Обязательно! Пусть ищут! Скажи им, что это кольцо директора! Его собственность! Для съемки! Очень нужное! (*С айфоном в руке выходит из студии.*)

Ворона, сидящая на столбе, увидела кожаное кольцо, упавшее с седьмого этажа на запорошенный снегом газон. Снялась со столба, спланировала, села рядом. Покосилась на кольцо, клюнула пару раз. Схватила клювом кольцо и с трудом полетела с ним. Перелетела стальной забор, полетела над парковкой, чуть не задевая кольцом машины. Две другие вороны заметили ее, снялись и полетели за ней. Почувствовав погоню, ворона замахала крыльями чаще, поднимаясь выше. Вороны догнали ее, когда она летела над эстакадой. Короткая схватка в воздухе, и ворона выронила кольцо. Оно упало на крышу кузова большой фуры, идущей по эстакаде. Фура выехала на Ярославское шоссе и двигалась по нему 6 часов 18 минут. За это время кожаное кольцо сползало к передней части кузова, слегка двигаясь вперед при каждом резком торможении фуры. Фура свернула с шоссе и поехала по дороге, затем свернула налево, напра-

во и снова налево. Во время последнего поворота кожаное кольцо сорвалось с кузова и упало в кювет. Через 42 минуты его нашла бездомная собака, схватила и побежала. Когда она перебегала площадь у магазина, ее увидел хромой Андрюха Смирнов по кличке Соплеух. Он пришел за хлебом к открытию магазина и стоял курил, опираясь на свою палку. Глядя на собаку, бегущую с кожаным кольцом в зубах, он заметил, что в кольце что-то блестит. С похмелья ему показалось, что это дорогие женские часы. Соплеух сплюнул окурок, размахнулся и метнул в собаку свою палку, сделанную из молодого ясеня. Палка ударила собаку по ногам. Собака взвизгнула, бросила кольцо и кинулась прочь. Соплеух подошел, ковыляя. Кряхтя, поднял кольцо. Снял золотую заколку, поднес к лицу:

— Ага…

Сзади послышались шаги. Соплеух быстро сунул заколку в карман ватника, поднял палку и обернулся. К нему подошел Саша Лосев, большой грузный мужик, тоже пришедший за хлебом.

— Ты чего? — буркнул Саша.

— О, здоров, Сашок! — заискивающе дернул головой в ушанке Соплеух. — Во, отбил у псины!

Он показал Саше кожаное кольцо, которое слегка распрямилось.

— Чего? — хмуро сощурился Саша.

— Так это… колбаса, видать. Спиздила с комбината. И деру на нашу сторону!

— Да какая это колбаса? — хмуро смотрел Саша.

— А! — Соплеух повертел кольцо, понюхал приплюснутым носом. — Не, это вот что: потрох бараний. Точняк! Они его потом ливером набивают. Вишь, свернут в трубку?

Щурясь заплывшими глазами на кольцо, Саша вытащил из кармана ватника пачку "Парламента" и зажигалку:

— Когда должок отдашь?

Соплеух прижал кольцо к своему темно-серому ватнику:

— Саш, ёк-макарёк! Бля буду, как мамаше пенсия капнет — сто пудов, зуб даю!

Саша молча закурил. Сплюнул.

— Второй месяц пошел.

— Сашок, ну ни копья сейчас, клянусь! Вот на хлеб наскребли, мать в магаз с утра погнала, жрем картоху с капустой, пустой чай без сахеру, ни весла в доме.

Саша помолчал, выпустил дым:

— Значит, так, если до праздников не вернешь, я тридцать первого приду и окна у вас повысаживаю. Будете с ветерком Новый год справлять.

— Саш, клянусь, вот гадом буду…

— Будешь гадом, если не вернешь. Гадом на морозе, бля.

— Саш, все понял. Возьми хоть эту… требуху. Она хорошая. Когда у нас овцы были, бабуля из требухи супец варила, вкусно. Бери, бери!

Соплеух запихнул кольцо в сумку Саше. Са-

ша молча пошел к магазину. Отстояв очередь, купил черствую буханку ржаного и два теплых белых батона. Пошел домой через поселок.

Дома жена заканчивала топить печь. Саша выложил теплый батон на стол, вытащил из сумки кожаное кольцо, протянул жене:

— Вот.

— Чего это? — Жена глянула недоверчиво.

— Кишки бараньи с комбината. Я это... Соплеуха отрэкетировал. Ему кто-то вынес.

Жена взяла кольцо, осмотрела, понюхала.

— Штуку так и зажал, гад. Клянется к празднику отдать. — Саша снял шапку и шерстяные перчатки.

Жена кинула кольцо на пристолье у печки, где стояли два горшка, лежали чищеная картошка, шмат сала и луковица:

— Даже у Соплеуха вонючего и то блат на комбинате. А у нас — никого!

— Заныла... — Саша снял ватник, повесил на гвоздь у двери. — Серега уволился, Санек уехал. Найдем, не боись.

— Найдем, найде-е-ем! — издевательски пропела жена, сузив и без того маленькие губы. — Весь поселок колбасу тащит и жрет, а мы только нюхаем.

Саша махнул тяжелой рукой, сел за стол, отломил теплую горбушку и зажевал. Жена сложила картошку, сало и луковицу в малый горшок, налила воды, посолила, закрыла крышкой, за-

двинула ухватом в печь. Выпрямилась, уперев руки в худые бедра:

— Ну и чего мне делать с этими кишками?

— Не знаю.

— Их же мыть надо!

— Да они уже промыты, скручены.

— Вон кровища запеклась.

— Лен, если б они не промыты были, их бы не свернули. Точняк! Это сверху. Налипло.

Жена взяла кольцо. Снова понюхала:

— Воняет...

— Так это ж потрох! Должно так. Он питательный. Недаром ливером набивают.

Жена быстро обмыла кольцо под умывальником, положила на доску, нарезала кусками. Затем ссыпала в большой горшок с приготовленными к варке щами, закрыла чугунной крышкой, подняла ухватом и со звуком икоты задвинула в печь. Взяла длинную кочергу, подгребла догорающие угли к горшку.

— Налей мне, и поеду, — попросил Саша, дожевывая горбушку.

Жена налила ему чаю в большую чашку со скрещенными советским и американским флагами и надписью *SUMMIT-1987*. Он подвинул к себе банку со смородиновым вареньем, отрезал хлеба, наложил на него варенья и стал жевать и прихлебывать чай. Жена налила себе чаю, положила в него варенья, отпила, села, но сразу вскочила:

— Тормозок твой... щас.

Отрезала ржаного хлеба, положила на него кусок сала, отрезала кусок пирога с тем же смородиновым вареньем, все завернула в газету. Положила в Сашину сумку. Туда же сунула пару яблок, кривой огурец и полголовки чеснока. Саша глянул на часы:

— Все, пополз.

Встал, задевая стол грузным телом, вылез. Надел ватник, шапку, достал сигарету, сунул в рот, закурил.

Жена отхлебнула чай, подняла прислоненную к печке жестяную дверцу, закрыла зев печи, поднявшись на цыпочки, задвинула заслонку в трубе:

— Пораньше сегодня?

— Не знаю, как покатит. Сегодня ж праздник. Две службы.

— Аааа…

С сумкой на плече он вышел в сени, открыл чулан. Взял старый чемодан, квадратный щит, покрашенный белой краской, связанные четыре бруска и складной стульчик. Вышел на крыльцо, спустился и пошел по припорошенной снегом земле, попыхивая сигаретой. Поселок уже проснулся, печи топились. Саша добрел до автобусной остановки, глянул на часы. На остановке стояли четверо. Двоих мужиков он знал, но говорить не стал, стоял, отвернувшись и докуривая сигарету. Подошел автобус. Саша влез последним со своими вещами, поставил чемодан в проходе, прислонил к не-

му белый щит, бруски, стульчик. Достал и показал проездной. Автобус был неполный. На четвертой остановке Саша сошел. Возле храма целителя Пантелеймона, возвышавшегося прямо у дороги, уже стояли машины. Люди шли на литургию, которая началась полчаса назад. Саша подошел к ограде, опустил свой тяжелый чемодан на асфальт. У входа, как всегда, сидели двое нищих — молодой одноногий Коля и пожилая одутловатая Оксана. Неподалеку от Оксаны стояла с лотком старуха Настя, торгующая сушеными травами, вареньем и деревянными ложками. Сашу обрадовало, что других торгующих не было. Оксана и Коля поздоровались с ним. Буркнув: “Здорово!”, он развязал бруски, поставил их, соединив стальными прутьями, сделав подстолье. Водрузил на подстолье белый квадратный щит. Раскрыл чемодан. В нем лежали двадцать шесть банок с медом, шестнадцать маленьких и десять больших. Саша выставил их на щит, закрыл чемодан, раскрыл свой стульчик, но садиться не стал, а закурил и осмотрелся. Народ шел. Не то чтоб народ, а отдельные люди. Большая часть уже была в храме, откуда доносилось пение небольшого хора и бормотание священника.

“Ухтомского деда нет сегодня, — удовлетворенно подумал Саша. — Это хорошо. Может, захворал. Хоть бы на подольше…”

Дед с Ухтомы был главным и опасным конкурентом Саши по медоторговле. Вообще, Саша занялся медом всего с конца августа. В августе Вовка

Мальцев с одним залетным дагестанцем ограбили ночью пасеку в Кукобое. Вывезли они на форде дагестанца шестьдесят рамок, полных меда. Дагестанец предложил Вовке дело. Необычное. Делать его стали сразу после ночного налета: из патоки, старого меда и крахмала сварили литров сто фальшивого меда, разлили по банкам, а в каждую банку положили по кусочку настоящих сот, срезанных с украденных рамок. Банки получились красивые. Их было много: 368. Половину забрал и увез дагестанец, остальные достались Вовке. Он складировал их у себя на чердаке. Его жена и теща начали торговлю сперва во Владычном, но там и своих медонош хватало, да еще с настоящим медом. Стали они мыкаться по рынкам, но толку было мало. Машины у них сроду не было, возить банки на себе — в лом. Да тут еще Вовка в очередной раз присел "по бакланке" на два года. Глупо получилось, в чайной залупился на азеров, слово за слово, дошло до мордобоя с поножовщиной. Вовку подрезали, а он успел одному азеру проломить бутылкой череп. Короче, у азеров оказалась крепкая ментовская рука, Вовку посадили. Вот тогда жена его и обратилась к Саше и Лене: помогите банки впарить, барыш пополам. Ленка сразу отказалась банки ворочать. Да и торговать она не могла, не умела ни улыбаться, ни говорить с покупателями. Пришлось впрячься Саше в новое дело. Выбора не было, потому как и денег не было, как и всегда у них. Потолкавшись на рынках, он понял, что

здесь ничего не обломится. И выбрал храм Пантелеймона, придорожный. Торговал Саша по воскресеньям и в праздники. Вначале пошло неплохо: за сентябрь купили сорок банок. Поллитровая стоила 400 рублей, маленькая — 200. Но потом, в черный день календаря на Воздвиженье, возник этот дед с Ухтомы. Он прикатил на своих зеленых жигулях с батареей банок настоящего меда, с аппетитной запечатанной рамкой, пергой, воском, прополисом. Поставил два стола, раскинулся. Сперва хотел вообще встать рядом с Сашей, но Саша сразу допер:

— Дед, давай отдельно, так наваристей.

— Как скажешь, милок, как скажешь!

Дед был маленький, быстрый, добрый, балагуристый. Он весь сиял на фоне угрюмого, грузно-неподвижного Саши. Баб звал “милая”, мужиков — “милок”. Его первые вопросы заставили Сашу напрячься и оцепенеть. Они касались пчел, а в пчеловодстве Саша — ни уха, ни рыла.

— Милок, как у тебя роение прошло? Не улетали?

— Ты маточники сам мастеришь аль в магазине берешь?

— Сколько раз кормил?

— А перезимовали как?

Вопросы жалили, как пчелы. Саше приходилось отмахиваться, как медведю. К счастью, это были не первые вопросы об этих загадочных, совершенно непонятных Саше насекомых. Один мужик спросил его:

— Как у тебя с варатозом?

— Да ничего, не жалуюсь пока, — усмехнулся Саша, думая, что тот спрашивает о варикозном расширении вен, от которого страдала покойная Сашина мать.

— А у нас в Шексне нынче беда: почти все ульи заражены.

Оказывается, речь шла о варроатозе, пчелиной болезни. Другой что-то спросил про медогонку, электрическая она у Саши или ручная. И почти все спрашивали, какой мед.

— Разнотравье, разнотравье, — бормотал Саша.

Пообтесавшись на новом месте, Саша придумал незатейливую легенду: пасеку держит брат, а он лишь торгует. Этим щитом он теперь заслонялся от всех вопросов.

Через час-полтора служба кончилась, народ пошел из храма. Пришло время работы. Саша, подкрепившийся салом, чесноком, хлебом и кривым огурцом, стал изображать оживление: хлопал своими большими пухлыми руками, покачивался, притопывал и бормотал:

— Медок, медок православный. Берем, не проходим.

Но народ, как всегда, проходил мимо.

— Православный медок. Разнотравье. Ароматы луговые, хорошие.

Бормоча это, Саша не терял своей врожденной угрюмости. Ухтомский дед кричал свои зазывалки так, что слышала вся округа. Саша мог

что-то громко и от души рявкнуть, только когда отгонял козу Крапивиных от своего огорода. Выходящие из церкви люди энтузиазма у него не вызывали, хотя головой он понимал, что раскупить все банки с фальшаком способны только они. Но преодолеть угрюмую природу свою он не мог.

— Берем медок, медок православный.

Подошла женщина с девочкой. Попробовала. Ушла. Подошли две женщины. Одна попробовала. И со словами "возьму-ка я для них" купила маленькую банку. Получив две сотни, Саша по совету Лены сразу провел ими по всем банкам: на удачу. Подошел толстый седой человек с широким красным носом и недовольным лицом, попробовал. Отошел недовольно. Подошла семья, все перепробовала, отошла. Подошла старушка и сразу купила маленькую банку. Потом подошел полицай Сережа:

— Как оно?

— Помаленьку, — ответил Саша.

Он отстегивал Сереже штуку в месяц. Сережа глянул на банки своими равнодушными глазами и отошел.

Из-за праздника храм сегодня был открыт целый день. Народ подъезжал ставить свечки и уезжал. Саша тоже иногда заходил в храм поставить свечку "для здоровья", но в Бога не верил. Ленка тоже не верила, но считала, что "есть судьба, поэтому надо в жизни нюх не терять". До всенощной Саша сжевал пирог, яблоки и слегка озяб, несмотря

на два свитера под ватником. Три раза ходил в храм греться, два раза — в кусты отлить. Он провожал людей своими оплывшими глазами, пытаясь угадать их достаток, семейное положение и место жительства. Люди были такие разные, но чем-то очень похожие. Чем именно, Саша не мог понять. Вообще, в людях всегда было что-то непонятно-неприятное… Мысли его прыгали, как блохи, с одного прохожего на другого: он прикидывал, оценивал, рассуждал, высмеивал, одобрял, сравнивал. Проходящие люди заставляли вспоминать других людей, родных, соседей, армию и детство в Рыбинске. Тогда было хорошо, сытно и весело, отец работал на электромеханическом заводе “Магма”, прилично зарабатывал. Саша ходил в секцию самбо и еще учился играть на баяне. Потом “Магму” закрыли, отца уволили. Саша попал в армию. Вернулся, женился. Умерла мать, умер отец. И началась другая жизнь… Почти неизменно мысль скатывалась к ухтомскому деду. Почему, зачем он возник здесь?

— Вот какого хера, а? — бормотал Саша, разглядывая людей.

Что ему мешало торговать у себя на Ухтоме? Да и вообще, с машиной куда угодно закатиться можно. Хоть в Ярославль. Хоть и в Москву. Саша зеленел, когда у деда что-то покупали. Сводило челюсти от злобы. Был бы Вовка на свободе, подговорил бы его за штуку проколоть деду шины. Или просто — припугнуть. Самому это делать — стремно. Полиция неподалеку. Стодесятикилограммо-

вый Саша мог бы прихлопнуть вертлявого деда, как муху, но, к сожалению, это было невозможно.

Перед всенощной стало смеркаться. И повалил редкий крупный снег. Дожидаясь, когда и народ повалит из храма, Саша зяб, топал валенками, прохаживался перед оградой. Не было уже ни нищих, ни старухи Насти.

Наконец стали выходить. Шли, шли. Мало кто подходил к Саше. Но все-таки одна дама в шубе купила большую банку. Саша прикинул в уме: 200+200+400=800. Неплохо.

Когда все ушли, Саша стал паковаться. Убрал в чемодан банки, снял щит, разобрал столешню, перевязал бруски, сложил стул. Подхватил все и зашагал к остановке.

Дома было тепло и пахло щами.

— Налей стакан, замерз как собака! — сказал Саша, входя.

Жена молча взяла литровую бутыль картофельного первача, налила стакан. Не снимая шапки и ватника, Саша выпил залпом, взял со стола кусок ржаного хлеба, приложил к носу, шумно нюхнул, посолил и зажевал.

— Ну как? — Лена посмотрела в упор своими черными, всегда серьезными глазами.

— Две маленькие, одна большая.

— Ну и слава богу. Садись, все давно готово. Ждала тебя.

Саша снял шапку, ватник, один из свитеров, стянул валенки, надел полуваленки, сел за стол. Лена поставила миску с солеными огурцами, другую — с кислой капустой, третью — с нарезанным салом. Выпили по полстакана, закусили. Лена подала щи. Из потемневшей капусты выглядывали побелевшие и разбухшие куски свернутой кожи.

— Сметаны нет, — объявила жена.

— Ну и хрен с ней.

Саша взял любимую деревянную ложку и стал есть щи. Лена тоже стала есть. Саша ел жадно. Проголодался. Лена жевала кожу:

— Во… мягкий потрох…

— Ну… — укоризненно буркнул Саша. — А ты спрашивала, что с ним делать…

— Поупрел хорошо…

— Питательный…

Саша жевал.

Лицо его во время еды становилось еще угрюмей, словно он ел назло кому-то. Передние зубы у него были еще вполне, хоть и прокурены. Один был сколот, с тех пор когда молодой еще Саша на Алешкином мопеде налетел на угол забора. С задними были проблемы. Первый зуб Саша потерял еще в десятом классе, когда щеку разнесло от флюса. Зуб был разрушен, стоматолог не стал с ним возиться, а просто удалил. Три других зуба вырвали в армии: от холода в казарме, недосыпа и плохой еды воспалилась надкост-

ница. Удалось даже полежать в теплой больнице. Потом Саша лечил еще два зуба. И один из них опять пришлось удалить. Потом, когда после продажи квартиры в Рыбинске появились деньги, Саше поставили два моста. Лет через шесть под левым мостом воспалился зуб. Мост сняли, зуб надо было лечить, но денег на это уже не было. Зуб выдрали. А правый мост стоит до сих пор. Саша теперь жует все справа.

Лена жевала.

Когда она ела, лицо ее теряло свою хмурую серьезность, расслаблялось, становясь привлекательным. Жуя, она часто постанывала, словно готовясь что-то пропеть. Но петь она вообще не умела. У Лены зубы были хорошие, хоть и чистила она их редко. За всю жизнь ей трижды удаляли зубы: молочный, в третьем классе, и в двадцать лет два верхних последних, которые не туда росли.

Доели щи. Саша попросил добавки, Лена налила и подала картошку, тушенную с салом и луком. Саша выпил еще полстакана. Стал есть щи и картошку. Взял пульт от небольшого телевизора, стоявшего на небольшом холодильнике. Нажал красную кнопку.

Белый квадрат экрана расплылся. Саша пощелкал программы. Наткнулся на сцену из фильма “Подвиг разведчика”. Плешивый предатель стоит перед группенфюрером СС, они слушают радио, откуда звучит русская песня.

— Недурная музыка, не правда ли? — спрашивает группенфюрер.

— Я не люблю русской музыки, господин генерал, — отвечает плешивый.

— Какую вы любите?

— Я украинец, господин генерал. У Москвы свои песни, у нас свои.

Кадр остановился, в него вдруг влез круглолицый, похожий на кота комментатор, энергично зажестикулировал:

— Вот где все начиналось! Вот откуда растут корни современного укрофашизма!

— Саш, надоело про войну, — сморщилась Лена.

Саша переключил. В большой яркой студии загорелый красиво одетый ведущий сделал руками пригласительный жест и заговорил:

— Здравствуйте! Вас приветствует программа "Белый квадрат". Сегодня мы поговорим о России. Наша великая, фантастическая и во многом непредсказуемая страна, которая, как пелось в песне, "веками непонятна чужеземным мудрецам", закономерно продолжает вызывать вопросы не только у этих, мягко сказать, мудрецов, но и у наших соотечественников. Один мой старый приятель недавно признался, что, прожив сорок с лишним лет в России, — представляете? — так и не понял, что у нас за страна. Причем человек он православный, патриот, интеллектуал, глубоко знающий нашу историю и культуру. Речь идет вовсе не о государственном

строе. Каждый школьник знает, что Россия — федеративное, демократическое государство, с президентом и парламентом. Но какой образ вызывает наша страна у нас? На что она похожа? Какие ассоциации вызывает? У каждого этот образ — свой. Уверен, что у многих эти образы совпадают. У некоторых — нет. И вовсе не только у пятой колонны. Это как раз лишний раз подтверждает ту самую загадочность России. Как раз — лишний раз! Я рифмами заговорил, вот какая важная тема у нас сегодня! Поговорим же об этом. За нашим белым квадратным столом сегодня, как и всегда, сидят четыре гостя. Многих из них вы узнали. Но у нас правило "Белого квадрата": только имена, только профессии. Никаких званий, должностей, регалий. Итак, мы…

Действие останавливается. Все находящиеся в студии замирают, как на стоп-кадре. В студию входит Алекс, персонаж из фильма Кубрика "Заводной апельсин". Он в своем белом обтягивающем костюме, в черных сапогах, с тростью в руке. Вслед за ним входят двое его друзей, одетые так же.

Алекс. Dubbi du?
Друг 1. Dubbi du!
Друг 2. Dubbi du!
Алекс. Dubbi dubbi du?
Друг 1, Друг 2. Dubbi dubbi du!

Алекс. Dubbi dubbi dubbi du?
Друг 1, Друг 2. Dubbi dubbi dubbi du!
Алекс (*трогая тростью белый стол*). Что это?
Друг 1. Это moloko vellocet.
Друг 2. Да, Алекс, это moloko vellocet.
Алекс. Moloko vellocet?
Друг 1, Друг 2. Moloko vellocet!
Алекс (*выдержав паузу*). Мои старые, добрые, дорогие droogs, вы меня принимаете за gloopy devochka?
Друг 1. Нет, Алекс.
Друг 2. Ну что ты, Алекс! Ты не gloopy devochka!
Друг 1. Ты наш droog и leader.
Друг 2. Да, Алекс! Droog и leader.
Алекс. Значит, вы все сделали horrorshow?
Друг 1. Алекс, мы все сделали horrorshow.
Друг 2. Мы все, все сделали horrorshow, брат!
Алекс. Horrorshow?
Друг 1, Друг 2. Horrorshow!

Алекс смеется, а потом резко бьет друзей тростью по накладным гульфикам. Друзья падают на пол, корчатся.

Алекс. Нет, вы не сделали horrorshow, droogs. Но вы должны сделать. Обязаны. Сделать все pohorrorshow.

Алекс начинает двигаться по павильону “Белый квадрат” в режиме обратного действия. Покинув

студию, он попадает в дом Саши и Лены, затем оказывается возле храма Пантелеймона, в автобусе, снова в доме Саши и Лены, на площади перед магазином. Перебегающая площадь собака роняет кожаное кольцо от удара палки, брошенной Соплеухом. Алекс подхватывает кольцо, надевает на свою трость и, крутя кольцо, покидает павильон “Белый квадрат”. Вокруг раскинулось огромное синее пространство, в котором красным светятся названия разных павильонов. Насвистывая мелодию “Поющий под дождем” и вертя кольцо на трости, Алекс стремительно движется по синему пространству. Видит павильон “День Победы”. Направляется к нему. Входит в пространство павильона. Он оказывается на Красной площади. Май месяц, голубое небо, солнце. Все готово к параду и замерло в режиме стоп-кадра. Даже два голубя застыли в полете над площадью. Возле Исторического музея стоят рядами зэки в ватниках, с деревянными тачками в руках. По краям колонны торчат деревянные вышки с автоматчиками. Алекс идет по пустой площади к серой колонне. Сапоги его стучат по брусчатке, звук разносится по застывшей площади. На Мавзолее Ленина стоят зооморфы в светлых летних костюмах с головами крокодилов, гиен и носорогов. Алекс снимает кожаное кольцо с трости, размахивается и метает его в сторону мавзолея. Пролетев по весеннему воздуху, блеснув золотой заколкой на солн-

це, кольцо попадает на рог носорога и повисает на нем. Алекс на ходу свистит и аплодирует себе, сунув трость под мышку. Подходит к первому ряду колонны. Перед ним стоят зэки. Они разного возраста, в новых и старых ватниках, с новыми и старыми тачками. В тачках — одежда, книги, церковная утварь, радиоаппаратура, игрушки, посуда, очки, шляпы, обувь, постельное белье, скульптуры, картины, столярные, слесарные и музыкальные инструменты. Насвистывая, Алекс прохаживается, осматривая замерших зэков, постукивая тростью по тачкам, заглядывая в них. Затем выступает вперед, поворачивается к зэкам спиной и делает резкое движение тростью. Зэки оживают. Втягивают в легкие воздух и запевают:

— Этот день побе-е-е-еды!

Колонна приходит в движение. Зэки поют угрюмыми голосами, катят свои тачки. Другие зэки катят вышки, стоящие на колесах. Алекс идет впереди колонны, жонглируя тростью и пританцовывая в такт песне зэков. Стоящие на мавзолее зооморфы приветствуют колонну.

· Ноготь ·

Константину Богомолову

Неприятность случилась у Бобровых в тот самый вечер, когда они позвали гостей. Пришли супруги Фраерман, супруги Семеновы, Виктор Львович и Зоя. Стол разложили, раздвинули, уставили закусками. Лидия Павловна Боброва испекла пирог с судаком, ее мама, наполовину осетинка, приготовила сациви. Фраерманы принесли сладкое шампанское и свой знаменитый торт "Ореховая тайна", Семеновы — старку и букет хризантем, Виктор Львович — бутылку "Твиши", а Зоя — коробку зефира в шоколаде и давно обещанные английские колонии для Гарика Боброва.

Все началось прекрасно: выпивали, закусывали, говорили и смеялись. Виктор Львович сыпал анекдотами, иногда заставляя Гарика зажимать уши. Сергей Сергеевич Бобров рассказывал, как начинал работать в Средмаше и что в том здании

на Новокузнецкой у них для каждого этажа полагался свой отдельный пропуск. Лидия Павловна и Евгения Леонидовна Фраерман бурно обсуждали Театр сатиры. Зоя рассмешила всех подробным рассказом о недавней поездке на картошку всем факультетом. Сергей Николаевич Семенов знал все о Второй мировой и проверял Гарика, кто, где и с кем воевал, а его жена Аглая Михайловна в десятый раз записывала на салфетке рецепт приготовления сациви, заставляя глуховатую бабушку Бобровых говорить громче обычного.

Перед пирогом Евгения Леонидовна сходила в туалет, вернулась, подошла к Лидии Павловне, склонилась и шепнула ей на ухо:

— Голубушка, в туалете нет туалетной бумаги.

— Это можно и не шептать, — улыбнулась Боброва.

— Как так? — удивленно выпрямилась Евгения Леонидовна.

— Да так. Могу всем объявить: у нас в туалете нет туалетной бумаги.

— Я уже заметил! — рассмеялся Сергей Николаевич.

— И я! — торжественно поднял вилку с насаженным белым грибом Фраерман.

— Да и я заметила. — Зоя жевала черемшу.

— И что же? — развела полными руками Евгения Леонидовна.

— Да ничего же! — улыбалась Боброва.

— Лидочка? Как — ничего же?

— Да так вот. Ничего.
— Ну, может быть... надо ее туда повесить? — Фраерман поправил роговые очки.
— У нас ее нет, — сообщила Боброва.

Семеновы молча переглянулись. Зоя тихо усмехнулась. Евгения Леонидовна опустилась на свое место:
— Лидочка, когда у меня кончается эта прекрасная вещь, я беру обыкновенные салфетки, разрезаю их пополам и кладу вместо туалетной бумаги.

Боброва отпила вина и стала накладывать себе свекольный салат:
— Женя, салфетками положено вытирать губы.

Все рассмеялись.
— Та-а-а-к! — изогнула черные густые брови Фраерман. — Может, тогда газетки подрезать? Вы что выписываете? "Вечерка" вполне пойдет!
— А газеты предназначены для чтения, — ответила Боброва.
— Для чтения! — добавил Бобров, разливая старку по мужским рюмкам. — А потом, свинец — не очень полезная вещь.

Все снова рассмеялись.

Евгения Леонидовна отсмеялась вместе со всеми, потом артистично положила щеку на ладонь упертой в стол руки и многозначительно произнесла:
— Это все правильно, дорогие мои Бобровы. У меня лишь вопрос. Вопросик.

Она вытянула свои полные напомаженные губы и произнесла полушепотом, сузив черные выразительные глаза:

— Чем попу-то подтирать?

Все, кроме Бобровых, захохотали. Когда хохот стих, Боброва ответила:

— Ничем.

— Ничем? Ничем, дорогая, подтереться невозможно.

— Ну тогда… подтирайтесь пальцем.

— Да, подтирайтесь пальцем, — закивал коротко подстриженный Бобров.

Все слегка усмехнулись, переглядываясь. Евгения Леонидовна серьезно посмотрела на Бобровых, пожевала губами и произнесла:

— Дорогие Бобровы, возможно, вы так и поступаете, подтираете попу пальцем. Имеете полное право! Но я, как и все цивилизованные люди, все-таки предпочитаю подтираться бумагой. Я храню чистоту не только попы, но и пальцев.

Боброва медленно ела салат:

— Женя, только не надо кичиться своей чистотой.

— Лидочка, я кичусь не чистотой, а чистоплотностью.

— И этим не надо кичиться.

— То есть вы приглашаете меня вступить в ваше общество подтирателей поп пальцем? Не вступлю!

Все, кроме Бобровых, рассмеялись.

— И напрасно, — с невозмутимым видом ела Боброва.

— У нас хорошее общество! — поднял рюмку со старкой Бобров. — Рекомендую!

— Не вступаю, не вступаю. — Фраерман положила себе селедки под шубой.

— Не вступа-а-аем! — пропел ее муж, разрезая ножом кусок ветчины.

— Ну и ду-ра-ки-и-и, — пропела Боброва.

— Сами ду-ра-ки-и-и-и! — пропела Евгения Леонидовна, поднимая бокал. — За наших любимых дурако-о-ов!

Все засмеялись, чокнулись и выпили. Стали молча закусывать. Доев салат, Боброва вдруг рассмеялась, словно вспомнив забытое, заглядывая в глаза гостей:

— Надо же! Кичиться чистотой собственной попы! Впервые с таким сталкиваюсь.

— Это... вообще... фантасмагория, — усмехаясь, качал головой Бобров.

Евгения Леонидовна бодро закусывала:

— Дорогие мои, это уже скучно. Подурачились, и хватит. Туалетной бумаги у вас нет, мы это поняли. И не надо! Каждому — свое. Смените тему, друзья!

— Есть масса тем поинтересней. — Фраерман тоже положил себе селедки под шубой.

— Тот, кто кичится чистотой своей попы, — продолжала Боброва, не слушая их, — тот лукавит.

— Сто процентов! — подтвердил Бобров.

— В чем же он лукавит? — поинтересовался Виктор Львович.

— Да в том, что у этого человека, как правило, и есть самая грязная попа, — произнесла Боброва с прокурорской интонацией и обвела всех взглядом своих небольших серо-зеленых глаз.

Евгения Леонидовна вытерла губы салфеткой, встала:

— Ну что ж, Лидочка, вы сами напросились.

Она шумно отодвинула в сторону свой стул, отвернулась, рывком подняла свою шерстяную клетчатую юбку, подбитую с изнанки зеленовато-серебристым шелком, спустила серые шерстяные трусы, спустила колготки. Под колготками были узкие черные кружевные трусики. Евгения Леонидовна решительно зацепила их большими пальцами рук, с треском спустила. Придерживая юбку, шагнула назад к столу и, водрузив свой широкий зад почти на самую тарелку, схватила собственные ягодицы руками, развела их, наклоняясь вперед:

— Любуйтесь!

Все уставились на ее зад. Он был большой, белый, с семью прыщами. Пальцы с накрашенными под кораллы ногтями и тремя золотыми кольцами разводили ягодицы, открывая анус, обрамленный редкими черными волосиками. В совершенно чистом анусе виднелся лиловатый геморроидальный узел.

Прошла минута полной тишины.

Евгения Леонидовна выпрямилась, подтяну-

ла трусики, помогая полными ногами, натянула колготки, шерстяные трусы, опустила и оправила юбку, повернулась, подвинула стул и села на свое место.

— Убедились? — произнесла она, откидываясь на спинку стула.

Щеки ее слегка раскраснелись.

Гости молча зашевелились. Мама Бобровой сидела, открыв рот.

— Так что, Лидочка, закройте навсегда тему чистоты поп. — Фраерман победоносно налила себе рислинга. — Не вам ее муссировать!

Она залпом осушила бокал. Было заметно, что он дрожит в ее полной руке.

— Отчего же не мне? — не смутившись, спросила Боброва.

Ее щеки тоже слегка заалели.

— Оттого что в этой теме палец супротив бумаги все равно что плотник супротив столяра, как любил говаривать мой великий дед.

Гости облегченно заулыбались. Виктор Львович взялся за сердце, шумно выдохнул:

— Ну... слушайте... дорогие мои...

— Женщины! А? — качал головой Семенов.

— Евгения Леонидовна... — восхищенно-испуганно качала головою Зоя. — Вот это аргументация! Этому... нечем возразить! Это козырь!

— Туз! — кивнул очками Фраерман.

— Который бьет все карты! — радостно рассмеялась Зоя.

— Туз бьет, но не все. — Боброва встала, шагнула от стола, отвернулась, с усилием подтянула вверх узкую юбку. — Все карты бьет джокер.

Все снова замерли.

Под юбкой были только колготки, сквозь которые просвечивали розовые трусики. Боброва спустила колготки, не спеша стянула трусики, наклонилась и, так же взявшись за ягодицы пальцами с ненакрашенными ногтями, развела их. Зад у Бобровой был значительно меньше, со смуглой гладкой кожей без прыщей. Вокруг аккуратного ануса виднелся легкий розовато-коричневатый ореол.

Все молча смотрели.

— Достаточно? — спросила Боброва.

— Вполне! — тряхнула головой Евгения Леонидовна так, что сверкнули ее голубого топаза серьги.

Едва Боброва выпрямилась и привела себя в порядок, она встала, подошла к ней, обняла:

— Правда посередине! Да? Мир?

— Мир, мир, — улыбнулась Боброва.

— Мир! Ура! — поднял бокал Виктор Львович.

— Миритесь немедленно, а то насильно помирим! — выкрикнул Сергей Николаевич.

— Мы не ссоримся. — Боброва опустилась на свой стул.

— Мы дискутируем! — подняла бокал Фраерман.

Молчаливая Аглая Михайловна взяла свой бокал:

— После таких дискуссий можно и разрыв сердца получить. Правда, Мария Умаровна?

— Что? — выпучила глаза и открыла рот мама Бобровой.

— Я говорю, они совсем спятили! — прокричала ей Семенова.

— Да, да, да! — Старушка замахала рукой и засмеялась. — Хулиганки!

— За наших очаровательных хулиганок! — протянул бокал Фраерман.

— Ура! — выкрикнул Виктор Львович.

— Всегда! — чокнулся с Бобровой Семенов.

— Везде! — смеялась Фраерман.

— И вместе! — тянулась к ним Зоя.

Стали чокаться и выпивать. Семенов поставил опустошенную рюмку на стол, подцепил вилкой кусочек сациви, понес ко рту, но вдруг замер.

— Что? — заметила его жена.

Он сидел, замерев, с поднесенной ко рту вилкой. И вдруг рассмеялся. Его усатое лицо с утиным носом и густыми бровями сморщилось от смеха. Он затрясся одной головой, бросил вилку, сжал кулаки и с силой оперся ими о стол.

— Сережа! — с укоризной пробормотала Аглая Михайловна.

Зажмурившись, Семенов смеялся мелким, быстрым смехом, утиный нос его ритмично дрожал в такт. Закусывая, все поглядывали на него, ожидая, когда он отсмеется. Но он не торопился:

дух смеха словно вселился в него. Он стонал, крякал, выпускал сдавленное "и-и-и-и!" сквозь сжатые зубы, стучал кулаками по столу так, что звякала посуда, мотал головой, притопывал под столом ногою, замирал и снова начинал смеяться.

— Сережа! — Жена шлепнула его по руке.

Наконец в изнеможении он схватил салфетку, прижал к лицу.

— Ох, смерть… хватит… все… — простонал он, вытирая мокрые глаза, зашмыгал носом. — Просто я кое-что вспомнил.

— Мы это уже поняли, — кивнула Евгения Леонидовна.

— Вот… уффф… — Он отдышался и серьезно продолжил: — У нас в институте в мужской уборной было написано: "Позор и срам на всю Европу тому, кто вытрет пальцем жопу!"

Все разочарованно усмехнулись.

— Давайте сегодня без мата, — произнесла Боброва.

— Да… попу, попу, — исправился Семенов. — Так вот, Лидия Павловна, я думаю, что, если бы я вспомнил этот народный аргумент пораньше, ни Жене, ни вам не пришлось бы ничего показывать.

Фраерманы, Зоя и Виктор Львович рассмеялись.

— Шипы запоздалые, — откомментировала Боброва, вставая. — Так, я подаю пирог. Доедайте закуску, товарищи!

Она отправилась на кухню. Бабушка поспешила за ней.

— Пирог — это великолепно! — потряхивала кудряшками Фраерман.

— Пирог идет к нам на порог! — срифмовал Виктор Львович.

— Об этом пироге с судаком давно пора слагать поэмы! — погрозил всем ножом Фраерман.

— Сережа, а в твоем институте были грязные сортиры, — сказал Бобров.

— Не согласен! — замотал головой Семенов.

Все рассмеялись. И занялись завершением закуски.

— А я теперь знаю, какая разница между попой и жопой, — произнес Гарик.

— И какая же? — спросила Зоя.

— Попа чище жопы.

Гости усмехнулись.

— У моей мамы — попа, — продолжал Гарик.

— А у меня? — подняла брови Евгения Леонидовна.

— Не знаю… — пожал худым плечом Гарик, криво усмехаясь.

— Так-так, юноша? — Евгения Леонидовна демонстративно уставилась на него.

Гарик хмыкнул, отводя взгляд.

— Юноша-а-а! — ждала она.

Гарик молчал.

Фраерман протянул через стол кулак и слегка ткнул Гарика в плечо:

— Ты чего хамишь, парень?
— Я не хамлю.
— Ты в седьмом классе?
— Ну.
— Ну! Баранки гну. Не третьеклассник ведь, а?
— Нет.
— Не дурачок? Или дурачок?
— А при чем здесь… — Гарик исподлобья глянул на Фраермана.
— Да при том! Если сидишь со взрослыми, веди себя как мужчина, а не как сопливый школяр. Отвечай за свои слова.

Гарик что-то пробормотал. Бобров дожевал ветчину:

— Ммм… во-первых, не надо руки распускать за столом.
— А за такие его слова, дорогой Сергей Сергеич, вообще-то… по физиономии бьют.
— Руки распускайте у себя в семье.
— К счастью, мне это делать не приходиться. Оба моих сына хорошо воспитаны.
— Вот с ними и распускайте руки.
— А вы воспитывайте, воспитывайте сынка, дорогой. Еще не поздно.
— Юноша-а-а? — Евгения Леонидовна наклонила голову, стараясь заглянуть в глаза Гарику.

Но он отводил их.

— Ау-у? — напряженно ждала она.

С пирогом на блюде вышла из кухни Боброва.

— Ау, ау! — подхватила она. — Место, место расчищайте!

Зоя, Виктор Львович и Аглая стали готовить место для блюда с пирогом.

— Оп-ля! — Боброва водрузила блюдо с разрезанным на куски пирогом в центр стола.

— Ой, слов нет! — пробормотал Виктор Львович.

— Шедевр! — воскликнула Зоя.

— Мама! — крикнула Боброва, усаживаясь. — Лопатку не забудь!!

— Лидия Павловна, вы превзошли себя, — произнесла Семенова.

— Не без маминой помощи. Ма-мааа! Лопа-а-аатку!

Бабушка вернулась с мельхиоровой лопаткой в руке.

— Под этот пирог — только коньяку дагестанского! — потребовал Виктор Львович.

— Как прикажете. — Бобров наполнил его рюмку.

— А мне — вина! — потребовала Зоя.

— И мне! — Боброва стала раскладывать куски пирога по тарелкам.

— И мне! — оживилась Семенова.

— Старочки, старочки! — жмурясь, требовал Семенов.

Когда наполнились рюмки и бокалы, Бобров поднял свою:

— А теперь — снова за мою жену!

— Я прошу прощения, Сергей Николаевич, — перебила его Фраерман. — Я с удовольствием выпью за Лидию Павловну, но я бы хотела все-таки... все-таки, чтобы ваш сынок ответил мне.

— Что такое? — Боброва посмотрела на Гарика.

— Когда вас не было, ваш сын позволил в отношении меня бестактность.

— Даже не бестактность, а хамство, — уточнил Фраерман.

— Гарик? Что случилось? — спросила сына Боброва.

— Ничего... — Он смотрел в сторону, недовольно покусывая тонкие губы.

— Что за бестактность?

— Лидусь, разговор шел о попе и жопе. — Бобров держал на весу рюмку со старкой.

— Опять двадцать пять... — недовольно выдохнула Боброва. — Мы же закрыли тему! Женя? Может, хватит?

— Нет, Лидочка, не хватит! Не хватит! — зло засмеялась Фраерман.

— Послушайте, Женя, ну хватит делать из мухи слона, — поморщился Бобров. — Друзья, за мою жену!

— Нет! — Фраерман с размаху хлопнула своей увесистой ладонью по столу.

Все стихли.

— Ответьте, молодой человек!

Гарик дернул плечом:

— А чего... вам?

— У вашей мамы зад именуется попой. Попа у нее. Или попочка. А у меня?

Опираясь о стол ладонями, Фраерман уставилась на Гарика. Он с ненавистью отвел глаза и уставился на торшер.

— А у меня? А, юно-ша-а? А у меня?

Гарик сидел нахохлившись.

— Юно-о-оша? — настойчиво пела Фраерман.

Лицо Гарика стало беспомощно-злым. Казалось, что он сейчас заплачет.

— Юно-о-о-о-оша?

Он молчал. Потом вдруг глянул ей в глаза и со злостью громко произнес:

— Жоподрище!

Все замерли. И Евгения Леонидовна тоже.

Ее муж стал угрожающе приподниматься:

— Да я тебя… сопляк… сейчас… в окно вышвырну.

— Устанете вышвыривать. — Бобров все держал рюмку на весу.

Поднявшись, Фраерман плеснул свой коньяк в Гарика.

— Это… — дернулся Гарик и болезненно зашипел, сморщился: коньяк попал ему в глаз.

Бобров быстро поставил рюмку на стол, размахнулся и дал Фраерману увесистую пощечину. Роговые очки слетели с лица Фраермана и воткнулись одной дужкой в свекольный салат.

— Чего е-щ-щще?! И кто бы еще?! — Евгения Леонидовна схватила ополовиненную бутыл-

ку “Твиши”, неловко размахнулась, дернувшись всей своей кудрявой головой, и изо всех сил швырнула в Боброва.

Тот успел увернуться, но бутылка, задев его по уху, с грохотом влетела в сервант, руша стекло и чайную посуду.

— А я не… — открыла рот Боброва, окаменев.

Бобров схватился рукой за ухо.

— Так, ребята! — стал приподниматься Виктор Львович.

Фраерман с рычанием сгреб подвернувшуюся под руку хрустальную вазочку с хреном и неловко, но сильно ударил ей Боброва сверху по голове, разбрызгивая хрен. Бобров стал падать навзничь вместе со стулом, но успел вцепиться свободной рукой в руку сидящей рядом Аглаи. Они шумно завалились назад вместе со стульями, Аглая громко ударилась головой об угол телевизора и вскрикнула.

— Ты что же это, а? — Семенов схватил Фраермана за руку, дернул на себя.

Фраерман упал грудью на стол, давя посуду, наткнувшись лицом на свекольный салат со своими очками. Очки хрупнули.

— А ну, сейчас же… стоп!! — отбросив стул, Виктор Львович шагнул к упавшим.

— Папа! — вскрикнул Гарик, неловко бросаясь к упавшему отцу, но зацепился ногой за стул Семенова и тоже упал, сильно ударившись рукой о край стола.

Бабушка протяжно закричала.

— Послушайте, вы… с ума сошли? — опешившая Зоя раскинула худые руки, словно пытаясь остановить происходящее.

Бобров вскочил на ноги. Лицо его исказилось гримасой боли и ярости, из разбитого уха кровь потекла на рубашку. Он размахнулся и ударил кулаком по лысой голове Фраермана, ворочающегося на столе.

— Стоп! Стоп! — Низкорослый Виктор Львович сзади обхватил Боброва за живот.

— Не сме-е-еть!! — истошно завопила Евгения Леонидовна и вцепилась своими коралловыми ногтями в шею Боброву.

Отпихивая ее локтем, тот продолжал бить Фраермана по голове и спине.

— Ну стоп же! Сергей! — тщетно сдерживал его Виктор Львович.

Семенов кинулся к своей жене, со стоном обхватившей голову, стал приподнимать ее. В это время Бобров, тузящий Фраермана, больно лягнул Семенова каблуком в позвоночник. Крякнув, Семенов сжал кулаки, согнул руки, развернулся и стал наносить Боброву быстрые удары в бок.

— Стоп, сказал! — Виктор Львович попытался перехватить увесистые кулаки Семенова, но получил одним из них в челюсть и повалился на ковер.

— Куда?! — вскрикнула Боброва, выходя из оцепенения, схватила плошку с грибной икрою и швырнула в лицо Семенова.

— Ты... а? — зашипел Семенов и сильнее замолотил кулаками по Боброву.

— А так... — Бобров перехватил намертво вцепившуюся ему в шею руку Фраерман, рванул к себе, затем, коротко размахнувшись, хрястнул Евгению Леонидовну кулаком в лицо.

Голова ее мотнулась назад, полные ноги подкосились, и она тяжело рухнула сперва на колени, а потом вперед, головой в пах Бобровой.

— Гадина! — Боброва отпихнула ее коленом.

Хватаясь за все руками, Фраерман повалилась на ковер.

Бабушка уже не кричала, а подвывала, сползая со стула и делая рукой слабое машущее движение. Бобров и Семенов стали обмениваться ударами, Аглая кинулась их разнимать, но, получив случайно от своего мужа локтем в глаз, ойкнула, попятилась и села на ковер. Бобров попал Семенову кулаком в переносицу, и тот с нутряным звуком упал под стол, звучно ударившись головой о ножку стола.

Фраерман, приподнявшись со стола, зарычал, схватил столовый нож и стал им махать, норовя задеть Боброва. Лицо Боброва было в крови, кровь из разбитого уха заливала его рубашку на плече.

— Послушайте! Послушайте! Послушайте! — испуганно повторяла Зоя, сидя за столом с разведенными в стороны руками.

Глянув на окровавленного мужа, Боброва затряслась от ярости:

— Это она… гадина эта… сука!!

Трясущимися руками она схватила со стола тяжелую хрустальную вазу с салатом оливье, подняла над головой и с яростным воплем обрушила на голову шевелящейся у нее под ногами Фраерман. Ваза раскололась, салат разлетелся по комнате. Фраерман перестала шевелиться.

Гарик кинулся со спины на хаотично размахивающего ножом Фраермана, толкнул, и тот задел Боброва ножом по руке. Вскрикнув, Бобров стал бить Фраермана, но вдруг зло рассмеялся, перехватывая его руку с ножом:

— Не-е-е-ет! Гарик?! Он же тебя вышвырнуть хотел! Ну-ка… иди…

Вдвоем с сыном они с новой силой вцепились в Фраермана. Боброва схватила его за другую руку.

— Давай! Дава-а-а-ай!! — завопила она, догадавшись.

— А ну, сюда… — зарычал Бобров и поволок Фраермана к балкону.

— Стоп… дураки… стоп… — ворочался облепленный салатом оливье Виктор Львович.

Фраерман попытался выпрямиться и освободиться, но его квадратноносый ботинок поскользнулся на оливье. Бобров обхватил его сзади, отчаянно крякнув, поднял, понес.

Гарик и жена бросились помогать. Боброва отдернула тюль, срывая его с петель, трясущимися руками стала открывать балконную дверь. Га-

рик помогал ей. Втроем они потянули Фраермана на балкон.

— Посажу!! — зарычал он окровавленным ртом и стал беспорядочно цепляться руками за дверной проем, тюль и людей.

Семья Бобровых тащила Фраермана из гостиной на балкон. Он упирался, лягался, ревел, грозил и ругался, плюясь кровью, пуская кровавые пузыри. Когда все четверо оказались на балконе, Бобров схватил Фраермана за ноги, перекинул их через металлические перила. Боброва, мыча от злости, отрывала руку Фраермана от своей юбки. Гарик бил его по лысой голове, толкал в спину. Наконец долговязое тело Фраермана перевалили через перила. С воплем он сорвался вниз, но, уцепившись левой рукой за тюль, повис на нем, раскачиваясь в вечернем осеннем воздухе. Послышался треск, тюль стал быстро рваться, в комнате затрещал деревянный карниз. Фраерман схватился правой рукой за ограждение балкона, потом, выпустив тюль, перехватился и левой, стал подтягиваться. Но Бобров, со стоном перебросив свою ногу через перила, стал бить обтянутой сине-коричневым носком пяткой по лысине Фраермана:

— Вот. Гад. Вот. Гад. Вот. Гад.

Жена и сын вцепились в плечи и окровавленную рубашку Боброва, страхуя его. Голова Фраермана дергалась от каждого удара пятки, билась о балконное ограждение, словно огромный бильярдный шар.

— Вот. Гадина. Вот! Вот!! — Бобров вкладывал последние силы в удары.

Фраерман хрюкал, подвывая, болтая ногами в воздухе.

— Вот! Вот! Вот! Во-о-о-т!!

Наконец пальцы Фраермана разжались, и он с жалобным криком полетел вниз с десятого этажа. Бобровы замерли, следя за полетом. Тело пару раз перевернулось в воздухе и громко рухнуло на припаркованную у подъезда машину. Звук от падения разнесся по переулку. Из окон машины на мостовую брызнули стекла. Две молодые женщины с детскими колясками вскрикнули. Смолкли. Потом снова закричали.

Бобровы смотрели. Тело лежало на крыше машины. Свет стоящего неподалеку фонаря позволял хорошо видеть его. На Фраермане был кофейного цвета костюм. Один ботинок слетел с его ноги.

Бобров опустошенно выдохнул, стал втаскивать свою ногу на балкон. Силы оставляли его. Родные помогли ему.

— Я говорит… в окно выкину… в окно… — в изнеможении пробормотал Бобров, шагнул с балкона в квартиру и бессильно рухнул на четвереньки.

Его вырвало на ковер.

— Пап, пап… — Гарик опустился рядом.

Боброва бросилась к матери. Бабушка сидела на полу, прислонившись спиной к стене. Взгляд

ее был рассеян, из открытого рта выходил слабый прерывистый стон.

— Мамочка… мама… — Боброва обняла ее, прижала к груди.

За время борьбы на балконе из гостиной исчезли Зоя, Аглая и Семенов. Виктор Львович лежал на боку, слабо бормоча окровавленными губами: "Стоп… стоп… дураки…" Входная дверь в прихожей была приоткрыта. Обнимая мать, Боброва обвела взглядом комнату: сломанный карниз, разбитый сервант, ковер с осколками вазы, рвотой и разлетевшимся оливье, опрокинутые стулья. У стола ничком и совершенно беззвучно лежала Фраерман. Ковер вокруг ее зада был мокрый.

Рот Бобровой искривился.

— Изговняли ковер… — произнесла она и разрыдалась. — Из… гов… ня… ли…

Бобров вытер рукой рот, взглянул на жену. И пополз к ней по ковру.

— Изгов… ня… ли… — рыдала Боброва.

Бобров дополз, обнял. И беззвучно разрыдался. Его испачканная кровью голова с разбитым ухом бессильно затряслась.

— Па-а-п… — Губы Гарика изогнулись, слезы брызнули из глаз. — Па-а-а-ап…

Бобровы рыдали.

Лидия Павловна тоненько скулила, мотая головой и запрокидывая кверху свое лицо, словно тщась что-то вымолить у потолка с чешской

хрустальной люстрой. Сергей Сергеевич беззвучно трясся, время от времени шумно и грозно всхлипывая носом и ртом. Гарик плакал, как мальчишка, сидя на ковре и стуча по нему ладонью. Бабушка все так же сидела у стены, слабо постанывая. Виктор Львович что-то бормотал, лежа на боку.

Вдруг Гарик вскочил и со словами “нет, мама, нет!” выбежал из гостиной в прихожую, вышел в приоткрытую дверь и стремительно побежал вниз по лестнице. Он спускался вниз, всхлипывая и бормоча: “Нет, нет!” Между третьим и вторым этажом вытер лицо о согнутую руку. Выбежал из подъезда. Возле машины с телом Фраермана собирался народ. За домами на проспекте послышалась милицейская сирена. Гарик прошел в темноту между двух шестнадцатиэтажных панельных домов и остановился. На нем была байковая рубашка, джинсы, тапочки. Меж домами дул ветер поздней осени, было холодно и промозгло.

— Нет... — пробормотал Гарик и пошел дальше.

Его тапочки быстро намокли в темных лужах. Мимо сквера и одноэтажной прачечной он вышел на проспект к автобусной остановке. Тут же подошел автобус, открылись двери. Гарик без колебания вошел и сразу сел к окну. В салоне ехали редкие пассажиры. Двери закрылись, автобус запыхтел и поехал по освещенному фонарями проспекту. Гарик перевел взгляд в окно, автобус

дернулся, набирая скорость. Гарик вдруг почувствовал боль в правой руке. Он пошевелил пальцами, повернул кисть. Снова стало больно. Он взял свою правую руку левой, прижал к животу и посмотрел в окно. Неярко освещенный проспект с семиэтажными домами и редкими, потерявшими листву деревьями тянулся за ним. Гарик ехал, покачиваясь на своем месте, прижимая руку к байковому животу и тупо глядя в окно. Автобус повернул налево, потом направо, опять налево, проехал по набережной, развернулся, выехал на Садовое, наддал, подъехал к Павелецкому вокзалу и остановился. Пассажиры стали покидать салон. Гарик встал и вышел со всеми.

По привокзальной площади шли люди. Здесь было холодно и ветрено. Гарик постоял, ежась, потом пошел к вокзалу. Вошел в здание. Внутри людей было больше, чем на площади. Какой-то пьяноватый мужчина задел Гарика, и его правая рука снова отозвалась болью. Он взял ее левой, подошел к билетным кассам. К ним стояла большая очередь. Гарик подошел к ней. Стоящие последними две женщины недовольно взглянули на него.

— Скажите, пожалуйста, — обратился к ним Гарик и тут же замолчал.

Женщины молча уставились на него.

Гарик вдруг почувствовал сильную усталость. Он бесцельно побрел прочь от касс и тут же оказался в большом зале ожидания. Здесь сидело много людей с вещами. Гарик подошел к свобод-

ному месту и в изнеможении опустился на него. Рука отозвалась острой болью. Он взял ее, положил на колени. Рядом сидела семья: худощавый горбоносый отец в черной кожаной куртке и полноватая широколицая мать с грудным ребенком. Возле них стояли чемодан и рюкзак. Мать слегка покачивала младенца. Отец жевал, держа на коленях промасленный бумажный пакет. Он покосился на Гарика, глянул на его мокрые тапочки. Вытянул из пакета последний беляш, стал есть, сильно жуя худощавыми мускулистыми скулами. У него были смоляные черные волосы, косо подстриженные бакенбарды и четыре передних золотых зуба. Он держал беляш двумя узловатыми, желтыми от никотина пальцами, оттопырив мизинец с непомерно длинным, остро и стремительно заточенным ногтем.

Забыв про усталость и боль в руке, Гарик завороженно уставился на этот невероятный ноготь. И вдруг неожиданно для себя открыл рот и пропел высоким, сильным голосом:

— А-а-а-гм-а-а-а-а-а!

Сидящие неподалеку люди обернулись и уставились на него. Ребенок на руках у матери вздрогнул и захныкал слабым, тяжким голосом старика.

— Будешь орать — на ноль помножу, — спокойно произнес отец ребенка, глядя на Гарика темно-багровыми, близко посаженными глазами.

И его ноготь выписал в воздухе восьмерку.

· Фиолетовые лебеди ·

Кривой месяц ноября. Брюхо неба.
Вспорол.
Обвалился-просыпался снег. Первый.
На Москву полуночную:
— Праххххххххххх…
Ветер.
Хлопья.
Три змеи:
вьюга,
пурга,
поземка.
— Ищи-и-и-и-и-свищи-и-и-и-и…
Зашипели.
Снежные выползки. По улицам.
Обесчеловеченным.
Спящий на площадях мусор. Застывшие трупы.
В испуганные рты подворотен:
— Нашли-и-и-и-и-и…
Во дворах:

люди,
костры,
шепот.

— Сорок восемь черных журавлей. Поднялись. Вокруг Кремля три круга сделали.
— И пыздэц?
— Оборотился журавлем.
— Черные маги…
— Гноем африканским обмазались.
— Весь ближний круг.
— Улетели, нах?!
— И патриарх с ними.
— А нам крылом памахалы…
— Оиебана-а-а-ма-а-ма!
— Гной?!
— На Якиманке зажарили на вертеле архиерея, натопили из него сала, налили свечей. И служат черную мессу.
— Аппnст…
— Чечены с китайцами. Новый договор! Подписан. Русской кровью.
— Сто пудов, по-любому, бля буду, нах…
— И дивизия Дзержинского присягнула…
— Сегодня на Остоженке видали двухголовую собаку.
— Двадцать лет грабили!
— Грабылы.
— Сосали!
— Сосалы.
— И обсосали!

— Обсосалы?
— До костей!
— Недаром он тогда с журавлями летал…
— Иннаэтоя…
— Хоп??
— Гоп!
— Чернокнижник…
— Амманули!
— А как еще?!
— На йе
ба
лы!
— Слили.
— Слылы?
— Конечно, слили, слили, слили в баночку из белого золота черный гной африканский свежего замеса средней густоты хранить в холодильнике при температуре не ниже пяти градусов по парацельсу как они знали и ведали на пленарном заседании нижнеподвальной палаты через серое большинство когда президент в последний раз спел московские окна и оркестр большого театра но парламентское втирание африканского гноя в спины народных депутатов и закон о поголовном и уголовном сносе всех теплоцентралей и интенсивный рост журавлиных перьев когда не смеют крылья черные над родиной летать но обеспечить мягкотелую семейную упаковку в супербронебойные контейнеры а в первую очередь летит администрация президента

и новая элита силовых структур когда необходимо срочно просверлить все зенитные комплексы и запустить в них умных благородных и благодарных червей по умолчанию а зениткам второй мировой залить жерла свинцом или финцом или хирцом но полет делает человека свободней как серж брин.

Евгений открыл глаза. Вертолет стал снижаться.

— Ау-а-а-а-а… — Он зевнул, снял наушники с микрофоном. — Черные журавлики, да? Cool…

— Что, Евгений Борисович? — закричал помощник из-за шума винтов, снимая свои наушники.

— Сны, сны…

Евгений пристегнул ремень безопасности и повел острыми плечами.

— Позвольте, я продолжу? — закричал помощник, держа перед собой планшет. — Он восемнадцать раз превращал воду в лампадное масло, в монастыре к этому так привыкли, что стали этим маслом приторговывать. Про трех оживших все знают, про женщину с мозговой опухолью, про горячий чай для братии я уже вам рассказал. Это у них в монастыре уже рутина. Да! Вот что очень важно для нас: семь с половиной месяцев назад один инок, он в миру был художник, а в монастыре взялся расписать стену в трапезной, так вот, он однажды заговорился, засуе-

тился и забыл после причастия съесть просфорку. А когда вспомнил, она оказалась каменной.

— Засохла?

— Нет, она реально стала каменной. Окаменела. Форма, оттиск — все то же, но сама — камень. Так старец наказал его за суету мирскую.

— И что там за камень? Гранит? Мрамор?

— Не знаю. Он хранится у настоятеля.

— А узнать? Молекулярную структуру камня? — яростно зевнул Евгений.

— Для этого нужно забрать у них это.

— Трудно забрать, да? — Евгений потянулся, плаксиво-иронично скривив тонкие губы.

— Евгений Борисович, я только вчера днем получил эту информацию. Голова пухнет! Федот Челябинский, Анфиса Мокрая, потом тот Нектарий…

— И выстрелил он по давно пролетевшему вальдшнепу…

— Что, простите? — не расслышал помощник.

— Не прощу. — Евгений снова зевнул.

— Не расслышал! Могу продолжить?

— Не можешь! Хватит орать!

Вертолет приземлился. Евгений достал тонкую сигарету из узкого золотого портсигара, глянул в окно: скала, море, монастырь. Неподалеку стал подниматься белый вертолет с изображением шестикрылого серафима на фюзеляже.

— Не понял? — Черные брови Евгения изогнулись.

Помощник глянул в планшет:

— Евгений Борисович, патриарх улетает. Он не принял его!

— Чудненько… — Евгений прикурил и рассмеялся, выпуская дым.

— Это… невероятно! — качал головой помощник.

Из-за ширмы вышел бортпроводник, открыл дверь, скинул трап. И сразу же вслед за ним вышли двое охранников, спустились по трапу. В открытую дверь ворвался горячий южный воздух. Евгений сошел на каменистую землю с выгоревшей на солнце травой, щурясь на солнце, глянул на поднимающийся вертолет патриарха:

— Карету мне, карету… скорой помощи. Мда…

С сигаретой в губах огляделся. Кругом было ярко и жарко. Пахло морем и сухой полынью. Солнце палило. Он достал темные очки, надел. Неподалеку стояли два автобуса — один голубой, монастырский, другой зелено-серый, национальной гвардии. Возле них стояли две группы немногочисленных людей. Их разделяло оцепление из нацгвардейцев. Чуть подальше виднелась массивная военная машина, напоминающая мощный подъемный кран с телескопической стрелой. Возле нее прохаживались четверо часовых с автоматами.

В окружении охранников и помощника Евгений двинулся к автобусам. От автобусов отделились двое — генерал и настоятель монастыря

игумен Харлампий, пошли навстречу Евгению. Настоятель был в черном, генерал — в летней полевой форме.

Евгений, как дротик, метнул вперед сигарету, на ходу наступил остроносым ботинком. Первым размашисто подошел генерал, протянул длинную, толстую, как бревно, руку:

— Женя, он не принял патриарха!

— Это не новость. — Евгений подал ему свою узкую ладонь и успел поклониться подошедшему игумену.

Тот ответно склонил покрытую черным клобуком голову.

— Вчера президент, сегодня патриарх. Как такое возможно? — Генерал дернул покатыми плечами. — А, святой отец?

— Я не святой отец, а батюшка, — спокойно перебирая четки, поправил его игумен. — И уже говорил вам, что старец четыре года как не принимает ни государственных людей, ни иерархов.

— Так нас тогда он тоже не примет!

— Возможно. Это ему решать.

— Вы ему доложили о нас? — спросил Евгений.

— Я ему не докладываю. Он сам ведает. И блюдет свои правила, в кои мы не вольны вмешиваться.

— То есть — вас он не слушает? — буркнул генерал.

— Он слушает не нас с вами, — проговорил игумен, переводя взгляд своих спокойных глаз на скалу.

Генерал и Евгений повернулись к ней. Скала была невысокой, как и все предгорье, но почти отвесной. По ее серовато-розовато-желтой стене вверх шла зигзагом, в три пролета, узкая деревянная лестница, опирающаяся на куски арматуры, врубленные в камень. Лестница выглядела хлипко. Вдоль зигзага вместо перил тянулся канат, за который полагалось держаться поднимающимся. Зигзаг упирался в зев пещеры, напоминающий человеческое лицо с одним глазом. Снизу было видно, что вход заложен камнями и оставлено лишь небольшое окошко.

— Схимник уже год замуровывает себя изнутри, — зашептал Евгению в ухо помощник. — Вырубает камни, обтесывает. Осталось всего один камень положить.

— А цемент ему снизу подают? — с полуусмешкой спросил Евгений.

— Вместо цемента старец использует свои естественные отправления.

— Это… мудро. Борис, а что это за люди у автобуса? — спросил Евгений генерала.

— А, люди! — Злая улыбка озарила потное лицо генерала. — Это, Женя, наша дорогая общественность. Просочилась! Похоже, они уже все знают, а? Государственных тайн больше не существует? На кой хрен они нам, а?! Дырявая страна! Женя, а? И почему?

— Ты меня спрашиваешь?

— А кого еще, ёптеть?!

Евгений достал портсигар, раскрыл.

— Здесь лучше не курить, — произнес игумен. — И лучше не браниться.

Генерал махнул рукой:

— Да уж...

— И чего хочет эта общественность? Батюшка, они когда приехали? — Евгений спрятал портсигар.

— С утра.

— И чего они хотят?

Генерал всхохотнул:

— Как чего? Общественность хочет общаться! Их уже дважды кормили.

— Ну, тогда пошли к ним. — Евгений различил среди собравшихся знакомые фигуры.

— Пошли! — зло буркнул генерал и зашагал вперед. — Хотя, Жень, мне все это уже — во! — Он на ходу рубанул себя ребром ладони по широкой шее. — Во!

— Боря, успокойся.

— Да спокоен, спокоен! — рявкнул генерал.

Высокий, здоровый, узкоплечий, он был похож на медведя-шатуна, выгнанного из своей теплой берлоги внешними неприятностями. Сильнее всего недовольство выдавали генеральские руки: длинные, сильные, они угрожающе болтались при ходьбе, словно инерционные противовесы, накапливая энергию для профессиональных оплеух, которыми генерал с удоволь-

ствием бы наградил всю эту московскую, на кой хер собачий слетевшуюся сюда публику.

Кольцо нацгвардейцев расступилось, пропуская идущих, но от собравшихся к ним уже кинулся солидный человек в летнем, светлом, с красивыми белыми усами и холеным загорелым лицом.

— Женя, Женечка, дорогой мой! Наконец-то! Дождались! — вскрикнул он высоким голосом.

Он обнял Евгения, мягко оплетя руками, прижимаясь широкой грудью, потом трижды расцеловал в худые щеки, щекоча усами. С генералом он уже успел наобниматься и расцеловаться. Евгений был пассивен в его объятиях.

— Дорогие мои, драгоценные, что же это такое? — Не отпуская Евгения, белоусый отстранился. — Женя, Боря! Что творится? Зачем здесь эти добры молодцы с автоматами? Арестовывать? Задерживать? Не пущ-щать? Раз-зделять? Нас!? Разделять?! В такое-то время? Родные мои, вы с ума сошли? Если все происходящее правда, а не байки, а я уже чувствую, чую вот здесь, вот зде-е-сь, — он потюкал себя пальцем в широкую грудь, — что это правда, правда, это пахнет правдой, как же такое может быть?! Какое разделение? Какое, к чертям собачьим, разделение?!

Подошел пузатый человек с лицом, напоминающим картофельный клубень, с иконкой на груди, изображающей Юрия Гагарина в золо-

том нимбе, и забормотал громко, помогая себе короткопалой рукой, сложенной совком:

— Россия окуклилась! Панцирь треснул! Ослепительная бабочка государственности российской вырывается на волю, чтобы явить себя человечеству во всей духовной красе! Сияющим ракетоносцем воспарит она над миром, знаменуя новую эру человечества! Лики Сергия Радонежского и Иосифа Сталина на ее крылах! Нетварные лучи русской духовности источает она! Они пронзают землю! Трубный глас раздается над миром: народы и государства, покайтесь, соберитесь под знамена Пятой империи и великое преображение Земли узрите!

Его ловко оттеснил мужчина с суровым лицом, в темно-синей шелковой паре, черной бабочке и жокейских сапогах; в руках он сжимал трость с набалдашником в форме змеиной головы.

— Уважаемые господа! — заговорил он, с мужественной жеманностью поигрывая мускулами лица. — Вы знаете, что я пират, циник и негодяй. До вчерашнего дня я изрыгал ежедневную Ниагару желчи на нашу церковь и ее служителей, но сегодня я опускаюсь пред нею на колени, — он легко упал на колени, — и готов первым поползти вверх по этой лестнице к великому старцу. Могу голым, посыпав голову вот этой самой придорожной пылью.

— Нам так не хватает взаимного доверия и элементарного взаимо-пони-ма-ния! — произнес по-

чти нараспев худощавый мужчина с заплывшими глазами, колючей бородкой и развалом белых волос, в карминовом сари с косым воротом, расшитым православными крестами, с медалью "За оборону Донбасса", в белых брюках и желтых кроссовках.

— Вы кто? — буркнул генерал.

— СРИ.

— Че-го-о?

— Союз русских искусств, — пояснил помощник Евгения.

Мужчина скрестил на груди худые жилистые руки:

— Мы можем, мы должны обо всем говорить, а не шептаться по углам, как либеральная плесень, говорить ежедневно, еженощно, каждый час, каждую минуту, каждую секунду, чтобы понять, в какой великой стране мы живем и как много мы можем вместе, как много у нас впереди, какой у нас прекрасный президент, какие замечательные воины, генералы, старцы и святые, отцы, матери, братья, жены, дети, мы все преодолеем, все решим, только если будем говорить, говорить и говорить!

— Полностью согласен! Говорить! — многозначительно поднял вверх указательный палец человек в очках, с седой копной волос, с бородатым лицом умудренного козла, в клетчатой рубахе и нанковой жилетке.

— А вы-то что здесь делаете? — недовольно буркнул генерал. — Съемка и репортажи запрещены.

— А мы здесь, господин генерал, как простые граждане нашей страны, — с уверенной полуулыбкой ответил лохматый, выпуская из губ два передних зуба. — И нас так же остро волнует все то, что волнует и вас!

— Евгений, скажите нам сразу, честно, — спросила голосом Буратино спортивного сложения женщина с огромной рыжей шевелюрой и лицом ящерицы, — это все… правда?

Все замерли. Евгений выдержал паузу и произнес:

— Правда.

Стоящие вокруг на миг оцепенели. Потом зашевелились — каждый по-своему. Пузатый упал на колени, закрестился и забормотал: "Живый в помощи Вышняго". Человек с тростью наоборот — ловко вскочил на ноги с возгласом:

— Чудесно, великолепно! Я был уверен! Пополземте же наверх!

Лохматый, тряхнув седой шевелюрой, громко произнес:

— Дождались, козлы!

Человек из СРИ вцепился скрюченными пальцами в свое сари, закатил глаза:

— Мы все, все сможем преодолеть, все, все, чтобы все были счастливы и здоровы, отцы, мамы, жены, дети, овцы…

Рыжекудрая нервно хохотнула. А белоусый запричитал, переходя почти на бабий вой:

— Постой, постой, Женечка, если это так, если

это, это — пра-а-авда, то тогда, дамы и господа, хорошие мои, милые, соотечественники, граждане и верноподданные, нас же просто, как волк ягненка, возьмут за горло, за горлышко, — он взял себя за горло загорелой рукой с двумя затейливыми золотыми перстнями, — да и задуша-а-а-ат, задуша-а-а-ат к свиньям соба-а-а-ачьим!

Усы его задрожали, в темных глазах блеснули слезы.

— Поползем наверх, друзья! Россия выживала чудом, чудом и спасется! — жестикулировал тростью суроволицый. — И это научно обосновано! С химией и с квантовой механикой это не входит ни в какое противоречие! Все, все вместе, пусть Евгений ползет первым, мы — за ним. Вперед, вверх!

— Заткнись!! — вскрикнула рыжекудрая так, что все посмотрели на нее.

Она схватила себя за локти, успокаиваясь, но это плохо получилось:

— Хватит, хватит юродствовать... Нам нужно... нужно всем отбросить все распри, все разногласия, все хреновые амбиции, всю эту фигню: ватник, либераст, западник, патриот — и сплотиться вокруг нашего президента. Сплотиться вокруг Кремля!

— Поздно, поздно, голубушка... — зловеще процедил человек с тростью, отряхивая запылившиеся шелковые колени.

— Нет, не поздно, не поздно!

— Сплачиваться теперь придется вокруг генерала. И то — ненадолго…

Генерал молчал. Его медвежьи глазки смотрели на происходящее все так же спокойно-настороженно, как и всегда, даже когда он бывал пьян или выходил из себя, но в душе у него с каждой минутой громоздилась, складываясь из клубящихся кубов, черная башня страха. И росла она оттого, что он, прошедший три реальные войны и одну длинную карьерную, отрастивший стальные клыки характера, стянутый панцирем силы с шипами славы, вознесенный на одну из вершин власти, второй раз в своей жизни не понимал, что происходит. Подобное было с ним только в раннем детстве, когда в деревенском хлеву он, пятилетний, увидел коровьи роды. Все услышанное им за последние сутки от военных, чиновников, ученых, президента, а теперь еще и от этих клоунов вызывало у него лишь одно желание: расстрелять все это из пушек и пулеметов, изрешетить, расхерачить в хлам так, чтоб куски разлетелись подальше, облить напалмом, а самому сесть на этот вертолет и улететь за три моря, где на песчаном берегу его встретят любимая жена, дети и пальмовые крабы.

Он открыл вспотевшие губы, чтобы сказать что-то грубое, но вдруг рядом упал камень.

Все посмотрели на него. Настоятель подошел, поднял камень. И перевел взгляд на окошко пещеры. Камень был не больше теннисного мяча.

Да и не простой камень это был, а горбушка белого хлеба, окаменевшая вдруг по воле человека. Настоятель раскрыл камень. В нем блеснули циферблат и стрелка. В камень был влеплен старый, треснувший компас.

— Компас? — спросил Евгений, подходя.

— Это *его* компас, — поправил игумен. — Прошу вас, встаньте все в круг.

Все покорно, не пререкаясь, встали в круг. С камнем в руках настоятель вошел в центр круга. Стрелка покрутилась и замерла. Настоятель поднял глаза на помощника Евгения:

— Старец готов вас принять.

Стоящие в круге уставились на помощника. Его молодое, живое, умное лицо не выразило ничего особенного.

— Ну-ну! — усмехнулся и вздохнул Евгений. — Саша, ты в этой истории осведомлен больше моего.

Он достал портсигар:

— Пойду-ка я покурю…

И пошел к автобусам.

— Евгений, можно мне с вами подымить? — томно-грозно воскликнул человек с тростью, доставая трубку.

— Валяйте…

— И я с вами! — кивнул шевелюрой козлобородый.

— Черт знает что… — Генерал брезгливо взглянул на Сашу, злобно развернулся и размашисто двинулся следом за Евгением.

Рыжекудрая уперлась мускулистыми руками в бедра, потом нервно сунула их в карманы своих узких белых брюк:

— Саша, Александр, вы знаете что... — Она вздохнула, покачала головой, резко встряхнула кудрями. — Вы... вы... я не знаю... подождите... стратегически... я не знаю, как даже...

— Да! Ты не знаешь! — перебил ее белоусый, приобнимая Сашу. — И помолчи! И я не знаю! И они не знают! И отец Харлампий не знает! И никто не знает! Так что помолчи-и-и-и! — Он почти пропел тонким голосом. — Саша! Тебя избрал старец. Это перст Божий. Это счастье! Дорогой мой, ты хоть понимаешь это? А?

Саша молчал.

Подбородок белоусого задрожал:

— Там, наверху, в этой пещере, живет спа-си-тель. Спа-си-тель Рос-с-ии! Это тайна! Великая! Она должна войти в тебя, в меня, в них, во всех нас войти, — он потюкал пальцем по своему загорелому кадыку, — вот сюда! А мы должны ее принять! Эту тайну! По глоточку, по гло-точ-ку! А если она не войдет, если, если мы этот глоточек... этот глоток истины, благодати Божией не сможем проглотить, если он здесь застрянет, то тогда, — он всхлипнул, — тогда нам и жить больше незачем, незаче-е-е-ем! Мы подавимся. Задохнемся! Всей стране наступит конец! Коне-е-е-ц всем и всему! Понимаешь? Русское солнце закатится на-все-гда...

Из глаз его брызнули слезы.

— Александр, за вашей спиной Дмитрий Донской, Петр Великий, Георгий Жуков! — закричал пузатый, брызнув слюной и протягивая сложенную совком руку почти к самому лицу Саши. — Ничего не бойтесь! Сейчас здесь, у этой скалы решается судьба Пятой империи! Лучи России Вечной скрестились на вас! Вы творите нашу историю, она запоет, заискрится радугами в каждом атоме вашего тела, когда вы подниметесь наверх, когда великий духовидец совершит то, что предначертано! Да здравствует великая Небесная Россия!

— Главное, что и с великим старцем мы все можем обсудить, обо всем можем говорить… — начал было человек из СРИ, но белоусый перебил его.

— Заткни-и-ись! Заткнитесь все! — Он поднял кулак. — Хватит болтать! Мы должны молчать! И слушать! Слуша-а-ать! Понимаете вы?

Все смолкли.

— Ступай, Сашенька, — прошептал белоусый совсем тихо, со страданием.

И вдруг взвыл:

— Ступа-а-а-ай!!

С его усов сорвалась крупная капля, бриллиантом сверкнув на солнце.

— Ступайте с Богом. — Игумен перекрестил Сашу и протянул ему небольшую пластиковую бутылку. — Передайте ему водички.

Саша взял бутылку и пошел к военной машине. Часовые даже не взглянули на него. Из большой зеленой кабины вылез капитан, кивнул солдату, сидящему в другой кабине, возле телескопической стрелы крана. На конце этой стрелы нависал внушительных размеров металлический куб с дверцей, запертой на замок. Машина завелась, громко выпустила сизый выхлоп. И только сейчас Саша заметил, что вся машина слегка поднята над землей и висит на шести мощных опорах. Толстая телескопическая стрела пришла в движение, стала раздвигаться, куб поехал вниз, к каменистой земле. Капитан подошел к нему, отпер замок, растворил дверцы. Внутри куба был белый круглый пластиковый стол. На столе стоял черный конус, рядом лежали какие-то обломки.

— Здесь в правой стене — кнопка, — показал капитан. — Закончите — нажмете, вас опустят.

Капитан отошел.

С бутылкой и планшетом в руках Саша вошел в куб. Он был чуть повыше человеческого роста, внутри было очень жарко и душно. Но тут же заработал кондиционер.

Куб поехал наверх, к пещере. Саша положил планшет на стол, глянул на удаляющуюся землю. Стоящие на ней поодаль люди молча провожали его взглядами, заслоняясь руками от солнца. Саше показалось, что это пионеры, отдающие ему салют.

“Трансцендентально”, — вспомнил он почему-то словечко из “Москва — Петушки”, которых так любил перечитывать и цитировать недавно умерший отец.

Куб приблизился к пещере и осторожно, словно космический корабль, пристыковался к скале, оставив лишь небольшой зазор между железом и камнем. Кладка пещеры как бы стала шестой гранью куба. И в кубе стемнело. Но тут же вспыхнули лампы на потолке. Саша стоял на железном полу, уставясь на каменную кладку пещеры с одним темным проемом. Кладка была аккуратной, все камни в ней были ровно обтесаны и хорошо подогнаны, хоть и различались по размеру. И только одного камня не хватало в кладке. В проеме было темно и тихо.

Саша вдохнул и произнес громко:

— Здравствуйте, отец Панкратий!

— Аминь, — раздался глуховатый голос из пещеры.

Саша сунул в проем руку с бутылкой:

— Отец Харлампий передал вам воды.

— Спаси Христос, — раздалось в ответ, и невидимая прохладная рука забрала бутылку.

В проеме послышался шорох, движение. Потом все смолкло. Затем появились глаза старца и верхняя часть его лица. Оно не выглядело старым. Глаза смотрели как бы рассеянно, не фокусируясь на визитере.

— Что тебя ко мне привело, Саша? — спросил старец.

— Большая беда, батюшка, — заговорил Саша и запнулся.

— У тебя отец умер?

— Да, батюшка. Умер.

Старец молчал. Сашу совсем не удивило, что старец знает его имя и то, что недавно умер отец.

Он облизнул губы:

— Я... я пришел к вам не по личному делу. А по очень важному... как бы сказать... по государственному делу. Делу жизни и смерти нашего государства, нашей великой, единственной страны, нашей... родины-матери.

“Что я несу, идиот?” — подумал он.

— Ты не идиот, — послышалось из окошка.

“Как это... стыдно”.

— Стыдно тому, у кого видно. А у тебя пока ничего не видно.

Эта реплика отрезвила Сашу. Протянув руку к черному конусу на столе, он заговорил:

— Батюшка, перед вами ядерная боеголовка российской межконтинентальной баллистической ракеты РС-20. На каждой ракете их по десять штук. Всего этих ракет в штатном боеспособном состоянии — сорок четыре. Это ядерный щит нашей родины, гарантия государственной безопасности. Они несут по десять разделяющихся боеголовок, как я уже сказал. Так вот, вчера произошло то, что наука не способна

объяснить. В каждой такой боеголовке два заряда, триггер, ядерный запал, и основной, термоядерный заряд. Сначала взрывается ядерный, он провоцирует взрыв главного заряда, чтобы началась…

— Неуправляемая термоядерная реакция, — донеслось из пещеры.

— Да, термоядерная реакция. И происходит взрыв, взрыв водородной бомбы, 500 килотонн каждая боеголовка. Так вот, вчера наши службы обнаружили, что все боеголовки на двенадцати ракетах, расположенных на Дальнем Востоке, перестали излучать рентгеновские лучи. То есть они стали нерадиоактивными. При демонтаже одной боеголовки выяснилось, что все боевые части, состоящие из урана-238, плутония-239 и дейтерида лития, превратились в сахар рафинад. Крепкий такой, полупрозрачный сахар рафинад. Все сто двадцать боеголовок стали…

— Сахарными головками.

— Да. — Саша облизнул губы и замолчал.

В пещере послышалось жевание старца. Он стал что-то пожевывать, громко и с удовольствием отхлебывая воду из бутылки. Саша молчал, слушая, как неторопливо жует и пьет старец.

— Отец Панкратий, — снова заговорил Саша. — Никто не понимает, что случилось. Подменить эти боеголовки было невозможно. Это… просто необъяснимо. И вот еще: в районах размещения

РС-20 люди вчера видели стаи странных птиц, птиц странной окраски. Говорили о журавлях, о чайках, что это чайки или журавли странного цвета, оранжевого, синего. Их видели и военные, и гражданские. Местные жители никогда раньше не встречали таких птиц в своих краях.

Старец жевал.

— Это происшествие угрожает безопасности нашей родины, оно может ввергнуть всех нас в ужасную катастрофу. Россия может потерять свой ядерный щит, свою гарантию безопасности.

Старец дожевал, запил, откашлялся. В пещере стало тихо.

— Можете вы объяснить это? — спросил Саша.

Старец молчал.

— Можете помочь? Все знают, что вы с Божьей помощью творите… делаете… свершаете невероятные вещи.

Старец молчал.

Саша вздохнул:

— Нам не на кого больше надеяться, отец Панкратий.

В проеме возникло лицо схимника:

— Что там у тебя еще на столе?

Саша глянул на стол:

— Это обломки боевой части боеголовки. А теперь это просто сахар. Вот, для демонстрации вам сюда доставили…

В пещере послышалось булькание, потом появилась рука с эмалированной кружкой:

— Давненько я чай с сахаром не пил. Отломи-ка, Саша, мне кусочек.

Саша принял старую кружку голубой эмали, грязную, с облупившимися краями. В ней была вода из той самой бутылки. На поверхности воды плавали сухие чаинки, видимо только что брошенные в кружку старцем. Но едва Саша повернулся к столу, вода в кружке вскипела.

Саша замер, глядя на кипящую воду. Вода кипела. Кружка стала нагреваться. Саша осторожно поставил кружку на стол. Вода покипела и перестала.

Саша завороженно смотрел в голубую кружку.

— Отломи и брось в чай.

Очнувшись, Саша взял обломок полупрозрачной сферы, попытался отломить кусок, но не смог. Сахар был крепкий. Саша ударил обломком о стол. Два кусочка откололись. Он положил их в кружку. Взял ее. Она была уже горячей. Саша протянул кружку в проем. Рука схимника приняла кружку. Схимник опустил глаза. Саша услышал, как он дует на воду. Потом старец отхлебнул:

— Вот, славно…

Пока старец пил, дуя на воду и фыркая, Саша стоял и смотрел на лицо в проеме. Схимник то поднимал глаза, то опускал их. Но даже когда глаза его смотрели вперед из проема, они по-прежнему не фокусировались на Саше, словно глядя сквозь него.

Время шло. Кондиционер в кубе работал, нагоняя холодный воздух. Его струя била Саше в спину, но это не добавляло Саше комфорта, скорее наоборот — раздражало. Этот нагнетаемый воздух, этот пластиковый стол с черной боеголовкой и сахарными обломками, эти железные, наспех сваренные стены с четырьмя яркими лампами наверху, да и сам Саша в своем рабочем синем костюме, пепельном французском галстуке, английских ботинках — все было как-то глупо и нелепо перед этой грубой каменной кладкой, проемом и лицом старца.

Схимник прихлебывал чай, чмокал, что-то бормотал, снова прихлебывал, снова чмокал, снова бормотал. И с каждым звуком в Саше стало нарастать бессильное раздражение. Он не спал эту ночь, безумную, полную напряженных лиц, суеты, текстов и разговоров, перерастающих в крики. То, что происходило сейчас в этом дурацком кубе, было похоже на сон, вывалившийся из всей этой сумасшедшей ночи.

Саше очень захотелось проснуться.

Он вдруг упал на колени.

И заговорил громко:

— Отец Панкратий, послушайте! Вы знаете, где мы все живем, в какой стране, в каком государстве. Здесь все — как бы. Как бы покой, как бы воля, как бы закон, как бы порядок, как бы царь, как бы бояре, как бы холопья, как бы дворяне, как бы церковь, как бы детский сад, как бы шко-

ла, как бы парламент, как бы суд, как бы больница, как бы мясо, как бы самолет, как бы водка, как бы бизнес, как бы машина, как бы завод, как бы дороги, как бы кладбища, как бы пенсия, как бы сыр, как бы мир, как бы война, как бы мать родна.

Затворник перестал хлебать чай.

Саша продолжал, с горечью и дрожью в голосе:

— Настоящее у нас — только вот эта боеголовка. Только этот уран, только этот дейтерид лития. Это работает. Если и это станет *как бы*, тогда здесь не будет вообще ничего. Будет большое пустое место. Вы… вы превращаете вещества. Вы можете очень многое. Вы великий подвижник. Умоляю вас, превратите этот сахар снова в уран, в дейтерид лития. Чтобы все у нас осталось по-прежнему. Вас просят об этом все россияне.

Он смолк, весь дрожа.

В пещере стало тихо. Потом в окошко просунулась рука с кружкой.

— На-ка, Сашок, попей! — громко произнес старец.

Саша с трудом приподнялся с колен. Ноги его дрожали. Он принял горячую кружку обеими руками, боясь уронить. Руки его сильно тряслись. Он поднес кружку к губам и сделал глоток, стуча зубами о край с выщербленной голубой эмалью. Чай был сладковатый. И очень вкусный. Как в детстве. От чая стало спокойней.

Саша перевел дыхание. И отпил еще.

— Допивай! — приказал старец.

Саша послушно и жадно допил. Протянул кружку в окошко.

— Оставь себе, — отпихнул ее затворник.

Саша убрал руку с кружкой. В пещере снова стихло.

— Что нам делать? — спросил Саша.

Старец помолчал, потом спросил:

— Как именуется ваша ракета?

— РС-20.

— Я спрашиваю — как ее имя?

— Имя… "Сатана". Да. "Сатана". Так ее назвали… ну, конструкторы.

Старец замолчал. Прошли долгие минуты.

— Отец Панкратий. — Саша всунул свое лицо в проем. — Что нам делать?

В пещере тяжело пахло.

— Спать! — ответил из темноты старец.

— Как… спать?

— Глубоко.

— Зачем?

— Чтобы сны повышли.

Саша перевел дыхание, приходя в себя. Открыл рот, чтобы спросить, что это значит, но старец опередил его:

— Ступай. Спи!

В пещере послышалась возня, кряхтение, бормотание. Потом все стихло. С кружкой в руке Саша стоял и смотрел в темный проем. Прошло некоторое время. Вдруг в проем вдвинулся

камень. И полностью закрыл его. По краям камня слегка выдавилась светло-коричневая масса. Но запаха Саша не почувствовал.

Он стоял, упершись взглядом в глухую стену пещеры. Дурацкий кондиционер все жужжал и дул, дул в спину. Саша стукнул кружкой о камни:

— Отец Панкратий!

За стеной было глухо.

— Ну что же? — бессильно выдохнул Саша, опуская руки.

Стена со всеми своими неровностями, сколами, прожилками и выбоинами тупо стояла перед глазами. В нее захотелось плюнуть.

— Скажи!! — со злобой выкрикнул Саша и замолотил кружкой о стену.

За стеной послышалось слабое, глухое бормотание. Оно было еле различимым. Но — было. Саша припал ухом к камню. Но не смог ничего разобрать. Старец что-то бормотал нараспев. Сообразив, Саша приложил кружку к стене, а к ней ухо, вспомнив, что в последний раз так подростком подслушивал, как старшая сестра за стеной отдавалась своему однокурснику, бородатому, худому и косоглазому, научившему Сашу пить водку и певшему под гитару “переведи меня через майдан”.

Кружка помогла: старец что-то напевал в своей глухой пещере. Это был какой-то совсем простой мотивчик, знакомый с детства. Саша заткнул

свободное ухо, чтобы не слышать жужжание чертова кондиционера, весь замер, насторожился. И услышал:

Я тут сидел и горько плакал,
Что мало ел и много какал.

Других слов не было. Старец повторял один куплет. А потом и вовсе замолчал.

Дурацкая детская песенка подействовала на Сашу словно укус невидимого насекомого, могучего и доброго, как лохматая ночная бабочка. Он оцепенел, но как-то по-хорошему. Внутри стало спокойно и уютно. Никуда уже не надо было спешить. Он вдруг с удовольствием вспомнил свой логопедический детский сад и своего дружка, кучерявого большеглазого Марика, придумавшего, сидя на горшке, стихотворение:

пук пук пук
вонюк вонюк вонюк

Марик был хороший, веселый, говорил без умолку, хоть и заикался, как и большинство детей в саду. Отец Марика подарил сыну на день рождения альбом американских марок, шестнадцать из которых Марик отдал Саше. А стишок Марика неожиданным и удивительным образом разошелся по детскому саду, его с удовольствием повторяли не только заикающиеся, картавя-

щие и шепелявившие дети, нянечки и пьянчуга сторож, но и воспитательницы, а веселая музраб сочинила фокстрот “Пук-пук”, и даже мама Саши, женщина интеллигентная, строгая и малоразговорчивая, стала говорить, когда у Саши что-то не получалось: ну вот тебе пук, пук, вот тебе и вонюк, вонюк.

Саша тюкнул кружкой в стену. И понял, что ждать больше нечего. Оглянулся, нажал кнопку в стене.

Куб дрогнул и поплыл вниз. Доплыл до земли. В кубе погас свет.

Саша оказался в темноте. С кружкой в руке вышел из куба на землю. И увидел, что, оказывается, уже наступила ночь. Машина перестала гудеть. В кабине горел свет. Было видно солдата. Но свет быстро погас и там.

Саша попытался оглядеться в кромешной южной темноте. Было и тепло, и прохладно. В кустах пели цикады. Слышался шорох прибоя. Луна вышла из-за единственного облака и осветила все вокруг: скалу, машину. И спящих вповалку на земле людей.

Саша подошел к ним.

Генерал лежал навзничь, раскинув руки и ноги, и громко, равномерно храпел. На его левой ноге лежала голова пузатого; тот храпел шумно, бормоча и хлюпая губами, луна посверкивала в иконке на его животе. На правой генеральской ноге покоилась голова белоусого; он спал, тонко

и жалобно постанывая и периодически вздрагивая телом. Рядом спал Евгений; его ноги крепко обнимал во сне, хрипя и присвистывая носом, козлобородый. Здесь же лежал, скорчившись и прижавшись щекой к бедру Евгения, человек из СРИ. Рядом, подложив под голову генеральскую ладонь и запрокинув ноги в жокейских сапогах на подрагивающую во сне задницу белоусого, раскинулся мужчина с суровым лицом. Рыжекудрая дама, как на подушке, спала на ягодицах козлобородого. Поодаль вповалку спали нацгвардейцы, капитан и адъютант генерала.

Игумен спал сидя, привалившись спиной к скале. Освещенное луною лицо его было мертвенно-бледным.

"Почему он был так пассивен? — подумал Саша. — Ничего не говорил, стоял столбом. Стоял, стоял... Как Столпник..."

Саше вдруг показалось, что игумен мертв. Бросив кружку на землю, он подошел к нему. Наклонился. Лицо настоятеля светилось бледно-серым. От него повеяло холодом. Складки лица кожи ожили, задвигались, словно чешуя, стали наползать одна на другую, прикрытые веки просели в глазницы, провалились на дно, на дны на дни двух темных черных дёрных колодцев холодцев воротцев рот урод наоборот с шипением раскрылся разломился развалился рыхлою могилою земляною силою:

— СПАТЬ ПАСТЬ!

Саша глаза открыл, закрыл, снова открыл, шумно и бессильно выдохнув.

Потолок белого пластика, стены светлого дерева. Окна ромбовидные. Небо раннее. Море матовое.

Предрассветное.

Аля почувствовала, что он проснулся, придвинулась, прижимаясь теплым телом:

— Уже? Или не спится?

— Аа-а-а-а… — Саша снова выдохнул, вскинул руки к потолку.

— Ранний заплыв?

— О, нет.

— Тяжелые сны?

— О, да.

— И всегда после морского черта?

— О, да.

— Традиция?

— О, нет.

— Фатум?

— О, да-а-а-а-а… — зевнул он.

— Но он был таким вку-у-у-усным… — Она ответно зазевала в Сашино ухо, оплетая руками под простыней.

— Мне… такое снилось… — Саша потянулся, руки сами поползли под съехавшую подушку.

— Морской черт и кок опять виноваты! За борт обоих! Скормить муренам!

Он усмехнулся сонно:

— Теперь у нас все сахарное... весь уран...
— Планета? — Аля забрала мочку его во влажные губы.
— Нет, просто уран. Весь государственный уран стал рафинадом. Да! Женя приснился. Женя!
Слабый смех проснулся в Сашиной груди.
— Ты даже в отпуске с ним не расстаешься.
— Женя! И я поехал вместо него наверх... и стоял на коленях...
— На ковре? Перед дядей Вовой?
— Перед пещерой.
— Какой?
— Горной...
— Надеюсь, в пещере была я? Голая? Спасаясь от Минотавра?
— Ка-а-а-анешно!
Саша расхохотался, изнемогая. Алина рука под шелковым покрывалом нашла его теплый сонный жезл, взяла, мягко сжала:
— Сэр, почему вы меня никогда не берете на рассвете?
— Рыбка, я же соня...садовая...
Он тянулся на светло-зеленой простыне, выгибая спину, запрокидывая голову.
Рука сжимала жезл. И разжимала. Сжимала. Разжимала.
— По-чему? По-чему?
— Ну...
— По-че-му? — Зубы мочку взяли.
Жезл ожил.

— Hy… why not, honey?

Загорелые руки ее сдернули покрывало. Занесла над ним бронзовое колено, сбрасывая лавину черных волос за спину:

— Чихнуть хотела нимфа, но наступила на скорпиона! Итака!

Саша руки на зеленом раскинул бессильно, прикрыл веки.

— Скорпио, одари нимфу белым ядом своим!

С осторожной уверенностью села на жезл. Тряхнула головой, обрушила лавину волос на поверженного:

— Ааааа… как это хорошо делать утром!

Волосы соленые.

Всегда теплые бедра.

Всегда острые соски.

Всегда умелые губы.

Волна тела накатила.

Саша обнял руками, прижал к себе. Выдохнула ему в шею со влажным стоном:

— Люблююююю….

Он открыл глаза.

она умеет легко и умело умеет умело умеет умело сама неподвижна как сфинкс как сфинкс а все происходит само у нее само у нее само у нее умело умеет умело умеет умело имеет меня умело имеет меня и волосы черные волосы черные волосы лианы лианы волос джунгли волос черные джунгли и два полушария два полушария ягодицы ягод ягоды ягодиц на линии моря на ли-

нии моря ягоды ягодиц две ягоды нет два плода ягодиц два персика нет две дыни ягодиц нет два манго ягодиц манго ягодиц две манги ягодиц манги японские манги ягодиц ягодиц на горизонте нежные сильные манги ягодиц на линии моря делают мне хорошо манги делают мне хорошо на ватер линии на фатер линии на пратер линии на скутер линии на мратер линии на братер линии а рассвет а рассвет а рассвет а рассвет уже все уже все уже все уже все заметнее две манги две манги две манги ягодиц вы созданы для наслажденья прелестны бурлесны две манги ягодиц а между ними треугольник треугольник моря это треугольник ягодичный треугольник ягодичный он как рюмка нет как бокал как бокал для мартини сухой нет мокрый мартини морской со своей непонятной тоской ягодичный треугольник мокрого моря очень мокрого моря без льда без льда а что в нем а что в нем а что там за точки фиолетовые пузырьки в мартини в мокром мартини моря в мокром мартини моря какие-то пузырьки фиолетовые что это почему в море фиолетовые точки что это почему почему почему и отчего почему и отчего почему и отчего точки эти в бокале моря точки в бокале точки в бокале куда вы точки стремитесь куда всплываете куда подымаетесь нет подождите куда вы куда вы куда пузырьки куда пузырьки куда пузырьки вы куда вы кудаа-а-а-а-а-а-а-а?!

Он застонал, сжимая ее руками.

Шепот в шею:

— Ах, скорпио, ты уже плещешь ядом…

— Что это… точ… ки фио… летовые в море, а теперь… а теперь в небе?

Ее тело начало умело содрогаться.

— Ах, скорпио, ах, скорпио, а-а-а-ах, скорпио, а-а-ах, ядовитый мальчик мой, а-а-а-а-а!!

Луч солнца, восходящего над Ионическим морем, коснулся кончиков перьев спящего вожака. Он вытащил голову из-под крыла. Открыл лиловый глаз с черным зрачком. Солнце заиграло в оперении лебедя всеми оттенками фиолетового: от иссиня-фиолетового до желто-фиолетового. Лебедь стал медленно поднимать голову: розово-фиолетовый клюв с багрово-фиолетовым выступом, голубо-фиолетовая шея, переливающаяся каждым перышком на солнце.

Вожак поднял голову, встряхнул ею. Солнце сверкнуло в его зрачках. Он издал крик. Все двадцать два лебедя, спящих на воде, стали просыпаться, встряхиваться.

Вожак издал второй крик. Лебеди стали отвечать ему.

Он повел головой, распахнув крылья навстречу солнцу. Оно лучилось в красно-фиолетовых и светло-лиловых перьях.

Вожак рванулся с места. Крылья его захлопали по воде, лапы с изумрудно-фиолетовыми

перепонками замолотили по ней. Вожак взял разгон. Лебеди дернулись за ним, шумно стуча по приютившему на ночь морю, вытягивая голубо-фиолетовые шеи.

Вожак первым оторвался от гладкого утреннего морского зеркала. Стая последовала за ним. Взлетев, лебеди сделали большой круг над местом ночевки. Под фиолетовыми, играющими на солнце крыльями раскинулось море с одинокой белой двухмачтовой яхтой и зеленовато-синей Итакой вдалеке.

Вожак крикнул в третий раз. Лебеди дружно ответили, выстраиваясь за ним. Ровный фиолетовый клин возник в утреннем небе. Сделав еще один небольшой круг, клин развернулся и взял курс на север.

· День чекиста ·

Галине Дурстхофф

За столом с русской закуской (соленые огурцы и грибы, селедка, ветчина, сало, вареная картошка, квашеная капуста) сидят Иван и Марк. На плечи Ивана наброшена старая советская шинель с погонами капитана МГБ. Марк в легком бежевом свитере. Он открывает бутылку водки, разливает по стопкам.

Марк. Ты был чекистом?
Иван. Был.
Марк. И не стыдно тебе?
Иван. Нет.

Чокаются, выпивают, закусывают.

Марк. Арестовывал невиновных?
Иван. Арестовывал.
Марк. Выбивал из них ложные показания?
Иван. Выбивал.

Марк. Пытал?
Иван. Пытал.
Марк. Фабриковал коллективные дела?
Иван. Фабриковал.
Марк. И не стыдно тебе?
Иван. Нет.

Чокаются, выпивают, закусывают.

Марк. Провокаторов к людям подсылал?
Иван. Подсылал.
Марк. Брал заложников?
Иван. Брал, брал.
Марк. Потом расстреливал?
Иван. Само собой.
Марк. А сам участвовал в массовых расстрелах?
Иван. А как без этого?
Марк. Тебе не стыдно?
Иван. Нет.

Выпивают, закусывают.

Марк. Ты изымал последнее зерно у крестьян, обрекая их на голод?
Иван. Изымал, изымал.
Марк. А потом арестовывал побирающихся в городах крестьян?
Иван. Арестовывал. Пачками.
Марк. А во время войны ты служил в заградотряде?

Иван. Было дело.
Марк. Стрелял из пулемета по отступавшим?
Иван. Стрелял, помню: тра-та-та-та-та!
Марк. Тебе не стыдно?
Иван. Нет.

Выпивают, закусывают.

Марк. А после войны ты арестовывал советских граждан, оказавшихся на оккупированной немцами территории?
Иван. Арестовывал. Тысячами!
Марк. Высылал крымских татар, чеченцев и ингушей?
Иван. Высылал. Эшелонами. Ту-ту-у-у-у-у…
Марк. Фальсифицировал дела "врачей-вредителей"?
Иван. Фальсифицировал.
Марк. И тебе не стыдно?
Иван. Нет.

Выпивают, закусывают.

Марк. Ты выпихивал из страны Солженицына, Войновича, Владимова, Бродского, Буковского?
Иван. Выпихивал.
Марк. Ты убивал Михоэлса?
Иван. Да, пришлось его грузовиком переехать… фу, жарко. Давай ты теперь.

(*Встает, снимает с плеч шинель, набрасывает ее на плечи Марка, садится на свое место.*) Ты был чекистом?

Марк. Был.

Иван. И не стыдно?

Марк. Нет.

Чокаются, выпивают, закусывают.

Иван. Ты пытал режиссера Мейерхольда, академика Вавилова, профессора Виноградова, писателя Бабеля?

Марк. Пытал.

Иван. Ты пил через соломинку кровь монархистов?

Марк. Пил.

Иван. А мозги великих князей жарил?

Марк. А как же. На постном масле. А по праздникам — на сливочном. Отваришь сперва в подсоленной воде с ложкой уксуса, перчиком, лаврушкой, гвоздичкой, остудишь, обваляешь в толченых сухарях, обжаришь, поперчишь, сбрызнешь лимончиком... м-м-м... прелесть! Гениальная закуска под “зубровку”.

Иван. И не стыдно?

Марк. Ну что ты заладил?! Стыдно, не стыдно... Давай!

Чокаются, выпивают, закусывают.

Иван. Ты жонглировал боевыми штандартами рейха?

Марк. Жонглировал.

Иван. Ты пугал женщин в подземных переходах?

Марк. О, с удовольствием! Уау! Йау! Убиваy-y-y-y-y!!

Иван. Ты просил свою дочку нарисовать круг на белой стене?

Марк. Конечно, просил. И красиво получилось.

Иван. Ты подглядывал за совокуплением пионервожатых в сенном сарае?

Марк. Не подглядывал, а подслушивал. Это было… ух! Я шел с лодочной станции, где мне буквально дал пендаля парень из 5-го отряда. И сказал: вали отсюда! Старшие отряды катали там на лодках своих девчонок, а нам с Рудиком лодки опять не досталось. Рудик пошел к Вениамину Иванычу в лес на занятие по энтомологии, а я поплелся на игровую площадку, думал сыграть в пинг-понг. И когда шел между корпусом и складом инвентаря, увидел, что дверь в склад приоткрыта. И там разговаривали. Два голоса: мужской и девчачий. И девчонка, похоже, всхлипывала. Я остановился. Это говорил старший пионервожатый Марат и одна вожатая 3-го отряда, Саша. Она была такой высокой, с сильными ногами, большой попой, широким лицом и резким голосом. И классно играла в волейбол. И когда забивала, говорила: мышей не ловите, пшенники! И вот теперь она всхлипывала и повторяла:

— Нет, нет, этого больше не будет.

— Ну почему, объясни мне? — спрашивал Марат.

— Потому что… потому что никогда не будет больше, никогда! — повторяла она.

Я встал возле двери и слушал.

— Ну что, что случилось?

— Ничего не случилось.

— Я тебе не нравлюсь?

— Нравитесь.

— Мы уже двое суток как на "ты". Забыла?

— Нет.

— Я тебе не нравлюсь больше?

— Нравишься.

— Я тебе противен?

— Нет.

— Ты меня не хочешь больше?

— Я не… нет… я не хочу сейчас.

— Так это будет не сейчас. И не здесь. Ну?

— Не знаю…

— Это будет там, где мы сможем насладиться друг другом. Спокойно.

— И где?

— Там у запруды есть сенной сарай. Это недалеко, но там нет никого. Никогда.

— Я не пойду

— Значит, я тебе противен?

— Нет.

— Тогда почему?

— Я не пойду.

— Саша, ну что… ну…

— Нет… Марат…
— Саша….
— Я….
— ……
— …….
— Ну? Ведь так? Ты же уже женщина, а не девчонка.
— Не надо…
— …….
— …………
— ….
— ……..
— У тебя все такое… нежное… женское…
— Не надо… прошу…
— Влюбился в тебя сразу, как школьник… с ума схожу… спать перестал по ночам…
— Ну… не…
— Такая… ой… какая нежность… а здесь…
— Не надо…
— Ты женщина… ты должна наслаждаться жизнью…
— ……
— ……….
— ……ой…
— Ну? Лучше же, да? Милая….
— Ну….
— Без “ну”, Саша, без “ну”…
— ….
— Милая… красивая…
— Я… не очень красивая…

— И глупая… такая глупая… и нежная…
— ….
— …вот… у тебя сосочек как у взрослой…
— ….
— ….сосочек моей звезды…
— ….
— …и здесь…
— ….
— Сашенька… моя звезда…

В это время горнист Миша заиграл сигнал к обеденному построению.

— Я пойду к своим… — пробормотала Саша.
— Ступай. Как тихий час начнется, подходи к столбам.

Я попятился от двери, пошел на цыпочках, потом побежал.

На площадке у флага мы стали строиться поотрядно. Саша подошла тоже. Ее лицо было красным. Марат пришел позже, когда уже все построились, и встал возле флагштока. Ему стали рапортовать командиры отрядов. Вожатые стояли отдельно. Я смотрел на Сашу. Она была в шортах, военной рубашке с красным галстуком. На ногах у нее были белые “лодочки”. Рапорт окончился, все двинулись в столовую. Вожатые обедали за отдельным столом. Марат сидел с ними. Я видел, что он рассказывал что-то смешное и все вожатые смеялись. И Саша тоже смеялась. Потом объявили тихий час. Я пошел в наш корпус, снял пионерский галстук, рубаш-

ку, залез в кровать. Двое вожатые прошли меж коек по проходу и вышли. Ребята стали болтать, а я как бы “пошел поссать”. На самом деле я вышел из корпуса и побежал к месту, где были врыты в землю два столба, на которые надо было забираться. И увидел, как Саша прошла мимо этих столбов, а в кустах подальше я увидел Марата. Он повернулся и пошел. И она пошла в том же направлении. Я побежал за ними. Они прошли мимо баскетбольной площадки, вошли в лес. Я шел за ними. В лесу они пошли вместе. Марат взял Сашу за руку. Потом они свернули, прошли через просеку и подошли к сенному сараю. Он стоял на краю леса, где луг начинался. Я стоял в лесу и смотрел. Сенной сарай был заперт на замок. Марат открыл замок, они вошли внутрь и притворили дверь. Я осторожно подошел к сараю. Он был сбит из грубых досок, меж которыми были щели. В щелях торчало сено. Видно в щели ничего не было. Но было слышно. Я разглядывал это торчащее сено и слушал.

— Ну вот… здесь видишь как… никто не помешает…

— Я…

— Иди сюда…. вот так…. вот….

— Но….

— Без “но”, милая….

— ….

— Я сам, сам…
— Нет… зацепилось…
— Вот… вот…
— …
— Милая…
— …
— Да…
— ….
— Да, милая…
— ….
— Да, милая…
— ….
— Да, милая…
— Ой, больно…
— Я медленно… медленно вот… пипочка твоя еще не привыкла… привыкай… привыкай…
— Ой…
— Привыкай…
— Оа…
— Привыкай…
— А…
— Привыкай…
— Ао…
— Привыкай…
— Аи…
— Медленно… хорошо…
— …
— Хорошо… хорошо? Ведь хорошо? Сашеньке хорошо?
— Да… ао…

— Хорошо…
— Ао…
— Хорошо…
— Оу…
— Хорошо… милая… обожаю тебя…
— …
— Вот… как хорошо Сашеньке… Сашенька красивая… вот как…
— …
— Вот… теперь повернись на животик.
— Ао…
— Вот так… ложись так… здесь мягче…
— Но… а…
— Ложись попочкой кверху… сладкой попочкой… поцелую попочку… чтобы девочке Саше было нежно… было хорошо…
— …
— Вот… так…
— Нет… зачем…
— Сейчас будет еще лучше…
— Там нет… больно!
— Я не спешу… медленно…
— Не надо!
— Не бойся ничего. Я с тобой.
— Больно!
— Не бойся… все хорошо… все сладко…
— Больн-о-о-о-о!
— Нет, не больно… уже не больно…
— Больно-о-о-о!
— Все, остановился. Тихо, тихо…

— Ну больно... больно...

— Я уже там... все хорошо... я ничего не делаю Сашеньке... сладкой Сашеньке... просто лежу...

— Не надо... ну не надо!

— Да я уже там. Все.

— Не надо-о-о-о!!

— А ну заткнись! Будешь орать, я тебя придушу, дура! Вот, клянусь! Придушу, а сарай подожгу. Вот, смотри... вот зажигалка. Вот! Подпалю на хер вместе с тобой. Если ты такая дура, будь головешкой! Только пикни еще!

— ...

— Я же тебе хорошее делаю, учу быть свободной, сексуальной женщиной. А ты вопишь, как пятиклассница. Я никогда тебе плохо не сделаю. Никогда.

— Боль... но... мне...

— Не больно. Сейчас будет хорошо. Вот. Сладенькая попочка Сашенькина.

— ......

— Вот какая попочка. Сладкая попочка. Нежна-я...

— Боль-но-о...

— А ну заткнись! Заткнись! Повторяй: мне хорошо! Ну!!

— Мне хо-ро-шо...

— Сашеньке хорошо.

— Сашеньке хорошо.

— Сашенька сладкая.

— Сашенька сладкая.

— Нежная попочка.
— Нежная попочка.
— Марат имеет Сашеньку в попочку.
— Марат имеет…
— Ну!
— …Сашеньку в попочку…
— В попочку.
— В попочку.
— В по-поч-ку…
— В попочку.
— В по-поч-ку…
— В попочку.
— В по-поч-ку!
— В попочку.
— В по-поч-ку!
— В попочку…
— В по! поч! ку!! А-а-а-а-а!!
— ……
— А-а-а-а…. ааа…. ааа…
— ….
— Ну вот… ааа… сладенькая…
— …
— Вот… залил я…залил залил Сашеньке в сладкую попочку… Сашеньке… ааа… залил…
— ….мне…
— Подожди, пожалуйста, не двигайся… не шевелись… молчи… молчи!
— …
— Сашенька… ой… как… это… вот…
— ……

— Вот...

— ...

— ......

— ...

— ...

— ......

— Осторожно... сейчас... Сашеньке нечего бояться... сейчас... вот... вот. И все.

— ...

— Вот и все. Ведь не больно?

— ...

— Не больно сладкой попочке... поцелую...

— ...

— ......

— ....

— Вот какая...

— ....

— Сладкая... сладкая попочка... никому не отдам... моя попочка...

— ...

— Повернись. Все уже. Ну? Вот так. Еще ближе... вот... вот так... никому не отдам мою сладкую девочку.

— Это... было...

— Что?

— Больно... зачем...

— У тебя там все окей. Нет ни крови, ничего. Я же сказал: я плохого тебе никогда не сделаю. Только хорошее. Ты вырастешь, будешь благодарить меня. Ты сегодня стала самой свободной

женщиной своей школы. Все девки — соплячки просто, зассыхи по сравнению с тобой.

— Я больше это никогда делать не буду.

— Подожди…

— Никогда. Клянусь!

— Ну… подожди… потненькая моя… вот губка верхняя вспотела… Сашенька…

— …

— Ты сейчас еще многого не понимаешь.

— Я это никогда делать не буду. И с вами мы…

— С тобой, с тобой.

— С тобой мы больше встречаться не будем.

— Вот… слушай. Давай помолчим просто пять минут. Пять минут.

— …

— ………

— …

— Вот. Ты успокоилась.

— Угу.

— А если “угу”, то слушай. Слушай внимательно. Я в тебя влюблен. Очень. Это тебе понятно?

— Да.

— Если мужчина влюблен в женщину, он хочет ей наслаждаться. Это ясно?

— Я это делать не буду.

— Тебе в следующий раз вообще не будет больно.

— Я не буду.

— Тебе будет только хорошо.

— Не буду.

— Ты будешь, Сашенька.

— Не буду. Дайте… дай мне мои…
— Подожди.
— Мне надо идти.
— Ну… погоди…
— Мне надо идти!
— Заткнись!!
— …
— И послушай меня. Внимательно. Просто полежи и послушай. Вот я руку так положу, можно? Ты взрослая, девятый класс закончила, знаешь, кто сейчас возглавляет нашу страну. Юрий Владимирович Андропов. Раньше он возглавлял Комитет государственной безопасности СССР. КГБ. Так вот, милая Саша. Сейчас самые могущественные люди в стране — офицеры КГБ. Они самые умные, самые хитрые. Самые проницательные. И могут все. Они могут сделать человеку карьеру, а могут просто растоптать человека, как муравья. Мой дядя Паша — генерал КГБ. Старый друг Юрия Владимировича Андропова. Я у него единственный племянник, своих детей у него нет. Он меня очень любит. И помогает. В МАИ я поступил сам, без блата. А пойти по комсомольской линии — это он мне помог. Я уже член бюро. Люблю комсомол, живую работу с людьми. Хотел бы стать вторым секретарем ВЛКСМ института. Думаю, что стану. Через пару лет. Если человек что-то хочет — станет. Дядя мне помогает. Чувствую всегда его поддержку. Так вот. Ты знаешь, что такое КГБ приблизительно. А я знаю

точно. Это могучая организация. И в нашей стране она может все. Ты говорила, что активно участвуешь в драмкружке. Играешь в школьных постановках. Я сразу заметил, что ты артистична. Даже когда в волейбол играешь. Ты можешь стать актрисой. Это сложно. Очень! Потому что в ГИТИСе, в Щукинском — огромный конкурс. Попасть трудно. Блатные опять же. Но если я скажу дяде: дядя Паша, моя возлюбленная очень талантлива и очень хочет быть актрисой кино. Помогите ей, пожалуйста. И дядя Паша поможет своему племяннику. И моя возлюбленная поступит в Щукинское училище через год. За год тебя подготовят так, что ты себя не узнаешь. Дядя Паша дружит с актерами. Табаков, Ефремов, Ульянов — его друзья. Вместе на охоту ездят, в баню ходят. Я у него на дне рождения однажды видел Ефремова. Такой мужик мировой! Пьет, как зверь, цистерну может выпить, а все шутит, смеется. Анекдот такой загнул — дамы под стол сползли! Про свой новый фильм интересно говорил… В общем, репетиторов тебе найдут из той же Щуки, натаскают, поставят дикцию. Выйдешь на экзамене, как Доронина: “Вы любите театр, как люблю его я?” И они все попадают, пять баллов, ты в списке. И вот мы с тобой идем в ресторан, отмечаем, пьем шампанское. Сашенька — актриса! И новая, яркая жизнь. Вот что я могу для тебя сделать. И это только за то, что мы будем по понедельникам встречаться

в одном тайном месте. И наслаждаться друг другом. И я буду наслаждаться моей возлюбленной Сашенькой.

— А ваша… твоя жена?

— Что моя жена? При чем здесь? Да, я женат. Рано женился, на первом курсе. Бывает. Не могу сказать, что я очень рад теперь. Можно было и подождать. Но что поделать. Страсть! Я страстный человек, Сашенька. Шаг сделан. Нина — замечательный друг. У нас семья. Но страсть иногда идет поперек семьи. Скажу тебе: не выходи замуж рано. Лучше подожди. Погуляй, понаслаждайся. Надо уметь наслаждаться жизнью. Надо жить клево. Вот, Саша. И последнее: мой дядя может помочь, а может и нагадить. По-крупному. Так, что человек за всю жизнь не отмоется. Например, человека выгонят с работы. И он никогда уже на такую работу не устроится. Твой папа в КБ работает?

— Да.

— Вот, Саша. Такой пасьянс. А решать тебе. Подумай. Сегодня. А завтра скажи мне только одно слово: "да" или "нет". Все. Одевайся, иди первой. А мне надо запереть сарай.

Послышался шорох сена, я на цыпочках попятился от сарая, вошел в лес и побежал в лагерь. В кулаке я сжимал маленького жука-навозника. Когда я стоял и слушал, он выполз из сена в ще-

ли. И я его схватил. Он был маленький, видно детеныш, весь синий, красиво переливался. Обычно жуки-навозники черные, а этот был синий, такой необычный. Я взял его в кулак, и он все ворочался и щекотал ладонь. Я побежал с жуком в кулаке. И когда пробегал мимо столовой, одна из посудомоек мне погрозила пальцем. А одна из двух вожатых из окна директорского корпуса крикнула:

— Так, живо в постель!

Я вбежал в наш мальчишеский корпус, быстро юркнул в свою койку, накрылся простынью. Разжал кулак и увидел, что синего жука в кулаке нет. Это было так странно! Я все время чувствовал его шевеление. И вдруг — его нет. Где я мог его обронить? Когда он смог вылезти из кулака? Он просто исчез. Я лежал и смотрел на свою ладонь. И ругал себя. Слезы навернулись, и я беззвучно расплакался. Слава богу, ребята, что рядом, уже спали. Я вдруг почувствовал огромную усталость. Наверно, я перегрелся, когда стоял на солнце возле сенного сарая. Июль тогда стоял жаркий. Я заснул. И мне приснился сон:

Я в лагере, иду на речку, чтобы покататься на лодке. Выхожу на берег. Это не речка, а огромное озеро, противоположного берега не видно. На лодочной станции стоит тот самый парень, который дал мне пендаля. Но он глубокий старик

с морщинистым неподвижным лицом. На груди у него красный пионерский галстук.

— Мне нужна лодка, — лепечу я, ни на что не надеясь.

— Если нужна, бери, — говорит старик и указывает рукой на лодку.

Не веря своему счастью, я подхожу, сажусь в лодку, хватаюсь за весла, налегаю на них. И легко не плыву, а скольжу, несусь по озеру. Оказывается, озеро замерзшее, покрытое льдом. Лодка быстро несется по нему от малейшего движения весел. Прохладный, пахнущий льдом ветер дует мне в лицо. Я несусь, взвизгивая от удовольствия. Различаю впереди фигуру. Кто-то быстро едет на коньках по льду. Я догоняю конькобежца: это наша учительница математики, Вера Харитоновна. Она совершенно голая! Она едет на длинных беговых коньках, заложив одну руку за спину, а другой плавно отмахивая. Я догоняю ее, мчусь рядом. Из лодки мне прекрасно видна она вся — голое тело с большой грудью, упругим задом, стройными ногами. Ее темный лобок мелькает меж равномерно движущихся ляжек. Я мчусь рядом, правя веслами. Она с усмешкой косится на меня и бормочет своими пухлыми, всегда иронично изогнутыми губами:

— Ну, что, Шамкович, в третьей четверти опять позориться будем, когда кефирное уравнение с двумя чемоданными неизвестными ты забыл обнаружить через дежурство по физкабинету

Виктора Викторовича по направлению слепой биссектрисы, а дневник изрезали и прокомпостировали красные врачи сразу после заседания совета дружины родителей теоремы Пифагора?

Но я не слушаю ее бормотания. Я вдруг понимаю, что совершенно безнаказанно могу делать с Верой Харитоновной что угодно. Я протягиваю руку и трогаю ее темный волосатый пах. Не обращая внимания, она скользит по льду, бормоча и усмехаясь. Пах мелькает между ногами. Я достаю его, хватаю. Он прячется от меня за движущимися ляжками. Вера Харитоновна скользит, бормочет и усмехается. Я хватаю ее за теплый пах. Сердце мое бешено колотится. Я стараюсь выровнять лодку, чтобы быть поближе, поближе, поближе, поближе к темному, теплому, мягкому, волосатому паху. Лодка виляет, скользит по льду, не слушается. Учительница равномерно катит. Я догоняю ее, равняюсь, сдерживая свою дрожь, хватаю пах левой рукой, потом бросаю весло и хватаюсь за пах и правой рукой, пролезая ею снизу, между прохладных, равномерно движущихся ляжек.

— Ты алюминиевый троечник, Шамкович! — смеется сверху Вера Харитоновна.

Я проснулся.

Рядом никого не было, только пустые койки. В окно светило солнце. Я сел на койке. И по-

чувствовал, что мои трусы мокрые. Я посмотрел на них: темное пятно было в паху. Я потрогал его. Оно было липким. Я встал, надел шорты, рубашку, галстук. И вышел из корпуса. Из столовой шли ребята и девчонки, полдник заканчивался. Я вошел в столовую. За нашим столом № 4 сидели только Три Толстяка — Жиробас Шуля, Жиртрест Бражник и Жирдяй Левша. Они доедали вторую порцию творожной запеканки, запивая ее киселем. Запеканка — это лучше, чем манная котлета. Моя порция и стакан киселя стояли на другом конце стола. Я сел, подвинул к себе тарелку с запеканкой. Она была с изюмом. Отпил киселя, взял ложку, зачерпнул ей кусок рыхлой запеканки, поднес ко рту. И вдруг увидел, что вместо изюма в куске тот самый маленький синий жук-навозник. Я посмотрел на жука. Он был мертв. Я взглянул на Трех Толстяков. Они жевали, равнодушно поглядывая на меня. Не думаю, что это они подложили мне жука. Как он попал в запеканку? Кто-то подсунул его мне. Но кто? Витька? Женька Гопник? А может, сам попал? Улетел от меня, влетел в окно кухни и влип в запеканку? И его запекли вместе с ней? Я смотрел на жука. Три Толстяка доели свою запеканку, поднялись и поплелись к выходу. Они держались вместе, не только потому, что их дразнили, но и из-за того, что Шуля и Бражник учились в одном классе, а мать Шули преподавала Левше игру на скрипке. Я оглянулся, рядом никого не было. Затолкал

жука поглубже в запеканку, отодвинул тарелку и стал пить кисель. К столу подвезла свою тележку худая посудомойка с загорелым вытянутым лицом.

— Что, аппетита нет? — спросила она, собирая пустые тарелки и стаканы и ставя их на тележку.

— Просто не хочу, — сказал я.

— Кто опоздал, у того и аппетит пропал, — срифмовала она, взяла мою тарелку и поставила ее отдельно от грязных.

Я быстро допил кисель и выбежал из столовой.

· В поле ·

— Чудесный аксессуар у вас. — Мейерхольд положил голую ногу на стул.

— Это называется "чемодан визажиста". Поднимите-ка...

Он приподнял ногу, Поля подложила под нее чистое вафельное полотенце:

— Спину потом сделаем.

— Чемоданчик... — Родос губами вытянул сигарету из пачки "Кента", протянул пачку сидящему Мейерхольду. — Без него никуда?

Они закурили.

— Не то слово. — Поля зачерпнула крема, стала быстро накладывать на бедро Мейерхольда. — У меня подруга однажды в такси забыла. Ехала ночью с пьянки. Бывает такой облом. И все. Конец профессии.

— А новый купить?

— Он пустой-то стоит двадцать штук. А там же еще содержимое. Палитры, кисти, крема, техни-

ка. У меня шесть японских кистей по сто баксов каждая…

— Ну а… занять бабок? Типа, потом отработаю?

— Понимаете…

— Давай на “ты”?

— Да. Понимаешь, каждая собирает свой чемодан месяцами, годами. Это все сразу не купишь, надо пробовать, привыкать, выбирать, менять.

— Как гардероб, да? — Родос нервно прохаживался, поскрипывая только что начищенными сапогами. — Пиджачки, юбчонки, девчонки…

— Че, мандражишь? — Мейерхольд выпустил в него дым.

— Есть малёк. Москва все-таки… Поль, а вы… ой, ты москвичка?

— Подмосковье. Малаховка. Родители из Астрахани.

— Во! Тоже рыбное место! — засмеялся Мейерхольд.

— Да, с рыбой у нас в семье умеют обращаться. Не тряси ногой. Так, нога —поперечные синяки, спина — продольные, да?

— Да.

— Сделаем.

Родос отодвинул занавеску:

— Народ прет вовсю. Слышите?

— Слышим. У нас еще двадцать минут, чувак же сказал, — успокоил Мейерхольд. — Поль, у тебя нереально нежные руки.

— Спасибо. А кто вас в Оренбурге гримировал?
— Одна особа с телевидения. Но она с тобой не сравнится.
— Как вобла против стерлядки. — Родос стал застегивать китель капитана НКВД.
— Спасибо! Крутое сравнение! — засмеялась Поля, делая кровоподтеки.
— Он у нас вообще остроумный, — тряхнул кудрями Мейерхольд. — Калом бурит регулярно!
— И помногу. Фу-у-у-у… — Родос протянул руку, пальцы его дрожали. — Чего-то я давно так не мандражил, а?
— Главное — не промахнись! — засмеялся Мейерхольд.
— Ржешь, жопа, у тебя ж всего две фразы, а у меня их вон сколько…
— Ребята, не волнуйтесь. — Поля приступила к новому кровоподтеку. — А на лице не надо?
— Не, чел сказал, что лишнее. Лицо чистое. Кр-р-расивое! Хотя дома меня та тетя сильно разукрасила.
— По теме, нам же микрофоны положены? — тер ладонями Родос. — С такой-то толпой! Тысячи людей!
— А на что тебе голос дан, Ди Каприо? Ори на полную!
— Придется… блин, не знаю… — Родос глянул за занавеску. — Москва.
— Да. Столица нашей родины.
— Все что угодно может быть.

— Вот и постарайся, ёптеть… извини, Поль. Спиной?

— Да, повернись.

— Я не про это… — фыркнул Родос, отходя от занавески. — Башку могут проломить. Отморозков много…

— Не дади-и-и-им! — пропел Мейерхольд. — Поля! Какие ты мне красивые синячишки насажала, а? С меня причитается!

— Спина будет еще красивей.

— Договорились! Давай после всего пойдем куда-нибудь? Нам суточные выдали!

— Вдвоем?

— Зачем же? Втроем! В Москве первый раз, никого не знаем.

— Ну, я подумаю…

Из-за занавески вошел мужчина в сине-белом комбинезоне, с планшетом в руке:

— Так, парни, десять минут. Готовы?

— Олвейз! — тряхнув кудрями, Мейерхольд кинул окурок на пол, припечатал пяткой голой ноги.

— Грим, долго еще?

— Семь минут, — пробормотала Поля.

— Парни, время пошло! — Мужчина скрылся.

— Ребята, а можно быстро селфи? — попросила Поля, проворно вытирая руки салфеткой. — А то потом не успею.

— Конечно!

Родос в кителе и полуголый Мейерхольд обняли ее с двух сторон, она сделала селфи.

Через десять минут красную занавеску отдернули в сторону. Человек в сине-белом закричал через мегафон в пеструю праздничную толпу, колышущуюся на Тверской:

— Дорогие друзья! Перед вами камера знаменитой Бутырской тюрьмы, где в октябре 1939 года следователь НКВД капитан Родос проводил допрос известного советского режиссера Мейерхольда, которого подозревали в троцкизме и шпионаже! Метод допроса у Родоса был простым: бить подследственного резиновой палкой по старым кровоподтекам!

В собранной из ДСП и картона, выкрашенной под бетон камере Мейерхольд в одних черных сатиновых трусах лежал на кушетке. Руки его были пристегнуты браслетами к ее ножкам. Рядом стоял Родос в кителе, сапогах, с поролоновой палкой в руке. В углу лепился небольшой письменный стол с картонной папкой "Дело № 1939".

— Признавайся, гадина! — заревел Родос и стал размашисто и показательно наносить удары поролоновой палкой по спине с кровоподтеками.

— Я старый, больной челове-е-е-ек!! — завопил Мейерхольд с такой силой, что кудряшки на его голове затряслись.

Толпа возбужденно зашумела, сотни смартфонов, планшетов и фотокамер поднялись над ней.

— Признавайся! Я из тебя бифштекс сделаю!

— Я ни в чем не виноват!! — вопил Мейерхольд.

Родос стал бить его по ногам:

— Оставлю только голову! И руку! А остальное… вот! вот! вот!.. сделаю бифштексом!! И тебе, гадина троцкистская, скормлю!!

— Я ни в чем, ни в чем не винова-а-а-ат!! — вопил Мейерхольд.

— Ты винова-а-а-ат! — ревел Родос. — Ты — скрытый враг народа!!

Толпа одобрительно закричала и зааплодировала. Одиночки выкрикнули: “Позор!”, но их быстро выхватили из толпы полиция и казаки.

Родос размахивался, слегка замедленно бил и рычал. Мейерхольд вопил, трясясь и суча голыми ногами. Человек с мегафоном повторял свой текст для вновь подходящих. Так продолжалось 2 часа 42 минуты.

Три запотевших пластиковых цилиндра с нефильтрованным. Сросшиеся скворцом брови официантки-узбечки. Два шашлыка. Один салат “Цезарь”. Три порции пом фри с кетчупом.

— Поль, а я, в натуре, не отдуплил, что ты незамужняя! — Вороний нос Мейерхольда потно нависает над пивной пеной.

— И даже неразведенная… — глядя в смартфон, Поля из цилиндра отхлебывает.

— А я сразу догадался! — Родос жадно пьет, рыгает. — Ой, пардон…

— 125 уже. — Поля лайки считает пенными губами. — Нет, 128!

— Поперло! — Мейерхольд шашлык жует.

Его узкое, носатое, смуглое, жилистое лицо. Большие глаза. Бисер пота на перекатывающихся желваках скул. Слипшиеся смоляные кудряшки.

Широколицый, лысоватый, белокожий Родос. Сует сигарету в лиловый маленький рот:

— Хорошо у вас на Арбате. Буду регулярно приезжать…

— 130, ребята! — Поля смеется радостно. — Нет, ну это круть!

— То ли еще будет. — Родос помаргивает русыми ресницами, щеки его быстро розовеют.

— Нет, ребята, я не смаю, не сваю… — пьяновато простонала Поля. — Я борела, брушала… меня давно так ничего не восляло! Это круче товартра, урартра. Вы такие… ну… вощные!

— Вощные! А? — Мейерхольд шлепнул Родоса по пухлому плечу.

— Вощные! Хрощные! — быстро моргал захмелевший розовый Родос.

Его желтая майка с китайской надписью. Белого шелка безрукавка Мейерхольда.

— И ты прям все время фросмояла? — Мейерхольд в упор буравил черными глазами.

— А куда мне с убопром? — Поля двумя пальцами боднула стоящий возле столика чемодан. —

До метро не жолесть, не дулесть. Ну и потом… — Она глаза закатила. — Вы же меня волосили?

— Ртуто! Ты стояла, хрустела на нас, на сцас?

— Два часа, два голоса!

— Удольше, увоньше!

— У вас горло не хрело?

— В Оренбурге хрело! — с силой кивнул Родос. — Уросень!

Официантка нависла с тремя нефильтрованными цилиндрами.

— Во, мрасс… — Мейерхольд схватил, пролил, зацепил губой за край, отпил шумно.

— Не, давай за Полю! За Молю! За Болю! — Розовая рука Родоса приблизилась с цилиндром желтым.

— Харайте!

— Чтоб у тебя все смежилось!

— Ой, хорошо бы, норята! — Она отхлебнула, вытерла губы пальцами. — Слушайте, а другие реконструкторы, убофрукторы, гогорукторы, там же много их слыло, ну, типа, в том же ухе, что и вы, ну, сталинские, робалинские, маралинские, хоралинские, брутые, где, где, как брак, как мрак, как… ну… барак?

— Две зоманды. У одних там Берия бьет Уборевича, Хоревича по жопе, гропе, европе и золучит: "Говори, как ты продал Дальний Восток, росток!" А тот орет, живет: "Сталин, видишь, как меня вазают?" А другая — с Вавиловым, с Навиловым.

— Но они, Поля, не из Оренбурга, не из Бабо-

бурга! — серьезно погрозил пальцем Родос и пьяно подмигнул.

— Блин, хребзя, а когда мы по смащику себя пожротрим?! — Мейерхольд кулаком по столу хватил, с кудряшек капли веером полетели.

— Вечером вас наважут.

— У нас гостиница до фратра. А мы там даже еще не были, не мыли! Это... как... этот... ну...

— Проспект Хроватского! — Родос подсказал.

— Там в номере ящик точно должен флать! Пешком отсюда малеко?

— Малеко, ребята. Ехать мадо. В Москве все пешком малеко.

— Малеко?

— Малеко, валеко!

— Поль, поехали к нам, к сцам!

— А утробно?

— Утробно, ватробно!

Плоский монитор. Бело-красно-голубая студия. Красивый, элегантно одетый молодой телеведущий на фоне праздничной толпы:

— ...а наша пятая колонна, чьи ряды тают, как прошлогодний грязный лед, уныло пропукавшись в тухлую либеральную лужу на своей единственной ржавой сетевой платформе, традиционно же и обосралась на всенародном празднике, безнадежно попытавшись сорвать номера реконструкторов, запечатлевших трагические, но ге-

роические эпизоды нашей великой истории, горячо приветствованные москвичами, некоторые из которых не удержались и навешали этим тухлым провокаторам легких пиздюлей…

полин чемодан распахнутый походным алтарем в полумраке номера бутылка крымского шампанского катящаяся по старому полу беззвучный сериал про спящую станицу в плоском мониторе скомканная простынь накрывшая брюки кроссовки трусы майку загримированное полей под самурая лицо родоса загримированное полей под карибского пирата лицо мейерхольда серебристая баночка французского крема в пальцах мейерхольда поль я смажу тебе заднюю дверцу а так надо да надо киса надо ну да это будет очень хорошо просто очень вот разведи ей зём помоги ёпте ой не ну не так совсем уж нежно нежно нежно ёптеть ой ребята и что нет если надо конечно да надо так хорошо у тебя кругленькая такая вообще а круто ты ходишь куда нет нет совсем нет времени а покачаться да в москве просто да нет а нет такая наросла ну круто дар родителей да уж и кожа классная да нежно так ой как нежно нереально тут у тебя ой и тут а потом и так не вот здесь здесь здесь и да иди сюда вот так ноги к нему побольше подальше еще и грудь классная я раньше тебя заметил вот так киса короткий и толстый у родоса длинный

и тонкий у мейерхольда поля ложащаяся на родоса ой мальчики это вообще у меня впервые так а у нас тоже мы же такие правильные добрые и это ребята подождите не бойся не бойся будет все хорошо это я я я все сделаю правильно так да нет оаа да да да так вот не ой хорошая ты нежная ой нет ой мальчики подождите а может опять по очереди просто нет не просто не просто а ой не не даже не пытайся нет киса расслабься ты в правильных руках легче не ну ребята ой давай давай киса мы же творческие люди ты художница ёптеть ой ой как ты глубоко милый ой я крикну и кричи нет мммм да да да мммаа если нет вот чуть повыше киса погоди вот нежно а потом лягу медленно ложусь ложусь релакс релакс да да ооой да не больно же ведь не больно нет хорошо да мейерхольд ложащийся сзади на полю и мальчики ааа нет но подожди подожди зём ты не качай нас сильно я же на весу ёпте ой мальчики ой ребята ребята ой ребята я это сейчас взорвусь взорвусь взорвусь иииих ой аоаа нет нет это ааа ой неа ой неа ой неа ой неа ой неа да не же ой да нет же да нет же ааа нет же ааа нет же да нет же да нет же да нет же да нет же аааах да нет же неа да нет же да нет же да нет же да нет же да нет же да нет же да нет же да нет же да нет же да нет же да нет же да нет же родос и мейерхольд в поле родос и мейерхольд в поле родос и мейерхольд в поле родос и мейерхольд в поле.

· Платок ·

Нариману Скакову

Она (*входя*). Ужас...

Он. Что стряслось?

Она. Мне кажется, я отравилась сублиматом.

Он. Опять?

Она. Да, опять. Опять! Какая же я дура! Черт дернул...

Он. Зайка. Ну мы же договорились...

Она (*раздраженно*). Да! Да! Да! Я опять нажралась гадости. Я глупая.

Он. Зачем? Ну зачем?! Зачем опять чертов сублимат?!

Она. Когда я голодна, я тороплюсь, совсем не думаю. Дура! Жру, глотаю! Лишь бы голод утолить. Дура я, дура... зачем ты женился на дуре?

Он. Сто раз говорил: когда голодно, съешь банан, съешь апельсин...

Она. Господи! Ну что за дура? И вырвать уже поздно. Все! У меня уже начинаются галлюцинации.

Он. Зайчонок, давай вырвем! Сразу! Я принесу таз!

Она. Все, все. Поехали… началось…

Он. Подожди! Сейчас, все сделаю… вырвем. Ложись, не стой.

Она (*ложась на кровать*). Поздно, поздно. Рви, не рви — уже начинается. Уже… поздно…

Он (*суетясь*). Не поздно! Подожди… сейчас я принесу таз и теплой воды. Пей воду быстро… побольше, как можно больше, а потом…

Она (*кричит*). Нет! Стой! Иди сюда. Не бросай меня!

Он. Милая, но…

Она. Иди ко мне!! Скорее! Начинается…

Он. Зайка, но…

Она. Включай!!

Он (*включает диктофон*). Хорошо, хорошо. Только не волнуйся. Лежи спокойно. Все будет хорошо.

Она. Подожди… да… значит, это Капотня… да… папина квартира в Капотне… двор, двор там, возле прачечной… мы между двумя… ну… двумя домами там на площадке… с девчонками будем сейчас прыгать в резиночку… идем прыгать… Таня, Оля… Маринка Грошева из девятого дома… резиночку натягиваем… Оля с Таней… считаются… считаются… все… я прыгаю первой… сперва… так… прыгаю сперва щиколотки… прыгаю… потом колени… колени прыгаю… пропрыгала… потом узкие прыгаю узкие прыгаю… и сразу идут пажэпе… сейчас прыгаю пажэпе… пры-

гаю пажэпе… дальше талия… талия… прыгаю талию отлично… потом трёши идут вдруг… нет… обороши… прыгаю сперва обороши нормально… вот теперь трёши… прыгаю трёши… и сразу… сразу не конвертики… и не бабочка… а подмышки… это Олька кричит надо подмышки прыгать… подмышки… подмышки… и я прыгаю… отлично… прыгаю прыгаю прыгаю подмышки… отлично… пропрыгала… и теперь самое трудное… вот… самое трудное… горло… и я прыгаю горло… горло прыгаю… и круто… я прыгаю горло… раз… прыгаю горло… прыгаю горло… прыгаю горло… прыгаю горло… горло прыгаю… прыгаю прыгаю горло… горло прыгаю… прыгаю горло… прыгаю горло… прыгаю горло… горло прыгаю… прыгаю горло… горло горло прыгаю… прыгаю горло… горло прыгаю… прыгаю горло… прыгаю горло… прыгаю горло… горло прыгаю… прыгаю горло… горло прыгаю… прыгаю горло… горло… прыгаю прыгаю… прыгаю горло… прыгаю прыгаю… горло… прыгаю горло… горло прыгаю прыгаю… горло горло прыгаю… прыгаю горло… прыгаю горло… горло горло прыгаю… прыгаю… горло… прыгаю… горло… прыгаю… горло… прыгаю… горло… горло… прыгаю горло… прыгаю горло… горло прыгаю прыгаю… прыгаю горло… горло прыгаю прыгаю… прыгаю горло… горло

прыгаю... горло прыгаю... прыгаю горло... горло прыгаю... прыгаю горло... прыгаю горло... горло прыгаю... прыгаю горло... горло... горло... прыгаю горло... прыгаю горло... прыгаю горло... горло прыгаю... прыгаю горло... горло прыгаю... прыгаю горло... горло горло прыгаю... горло прыгаю... прыгаю горло... прыгаю горло... горло прыгаю... прыгаю горло горло... прыгаю горло... горло прыгаю... горло прыгаю... прыгаю горло... прыгаю горло... прыгаю горло... прыгаю горло... горло прыгаю... горло прыгаю... горло горло... прыгаю горло... горло прыгаю... прыгаю горло... прыгаю горло... прыгаю горло... горло прыгаю... прыгаю горло... прыгаю горло... горло прыгаю прыгаю... прыгаю горло... горло горло прыгаю... прыгаю горло... прыгаю горло... прыгаю... прыгаю горло... горло прыгаю... прыгаю горло... прыгаю горло... прыгаю горло... горло прыгаю горло... горло прыгаю... прыгаю горло... прыгаю горло... горло прыгаю... прыгаю горло... горло прыгаю... прыгаю горло... горло прыгаю прыгаю... горло прыгаю... горло прыгаю... горло прыгаю... горло прыгаю... прыгаю горло... прыгаю горло прыгаю... горло прыгаю... прыгаю горло прыгаю... прыгаю горло... прыгаю горло... прыгаю горло... прыгаю горло... прыгаю горло... прыгаю горло... прыгаю горло... прыгаю горло... пры-

гаю горло... прыгаю горло... прыгаю горло... прыгаю горло... прыгаю горло... прыгаю горло... прыгаю горло... прыгаю горло... прыгаю горло... прыгаю горло... прыгаю горло... прыгаю горло... прыгаю горло... прыгаю горло... она вообще была странноватой, в классе к ней плохо относились, когда пришла к нам, они переехали из Алма-Аты, она держалась всегда высокомерно так, никого в упор не видела, сама наполовину казашка, имя казахское — Шарбан, а фамилия простая русская, короче, стали ее подразнивать Щелбаном, а потом Храмцова пела ей "шарабан мой, американка", но она однажды ткнула Храмцовой в лицо ручкой, у той точка синяя навсегда осталась над губой, и стали дразнить уже Храмцову, что она теперь татуированная американским Щелбаном, паста от ручки вошла под кожу и навсегда осталась, а ее перестали дразнить, но с ней никто не дружил вообще-то, ее считали отмороженной, хотя училась она неплохо, но неровно, у нее хорошо очень шла алгебра, еще геометрия, а по истории у нее был трояк, она ничего не знала, по русскому она писала нормально, но не могла ни одного правила объяснить, и по литературе тоже трояк был, она просто не могла нормально рассказать, о чем роман, ее вызывают к доске: расскажи нам, о чем роман "Отцы и дети", а она говорит: это

роман об издевательствах над животными, типа, Базаров резал живых лягушек, и они страдали, а никто из героев даже на это не обращал внимания, все ржали, конечно, а ей — два балла, короче, странная, всегда домой шла одна, мы, когда после уроков уйдем, покурим за школой, там девчонки стояли и которые и не курили, она никогда не стояла с нами, типа поржать, поприкалываться, она сразу домой шла, а когда мы шли сзади, она быстрей шла, чтобы мы не догнали, в общем, выпендря такая, хоть и красивая вполне, на физре она вторая по росту стояла после дылды Саевич, фигура хорошая, грудь уже такая неслабая, ноги стройные, парни к ней подкатывались из десятого "Б", там трое было друзей со скутерами, звали ее в мотопробег, она их отшила быстро, а парни классные, я бы им никогда не отказала, а она просто их послала, короче, странная, замороженная какая-то, хотя семья богатая, отец кооператор, они как-то круто поменялись на Москву, видать, кому надо заплатил неслабо, и однажды вдруг она ко мне подходит на перемене и говорит, хочешь вместе видео посмотрим? Я говорю, у вас видео есть? Да, есть. Потом, говорит, сыграем в одну американскую игру. Я говорю, какую? Она говорит, называется "Монополия". Ну, я говорю, давай, а чего? Короче, пригласила меня к ним. Неожиданно.

Почему меня? Непонятно. Может, потому что я не дразнила ее никогда. Короче, пришла к ним. Квартира четырехкомнатная, круто обставлена, ковры, хрусталь, техника. Богатая семья. Телик здоровый и видак. Родителей дома не было. И Шарбан поставила фильм “Мануэлла”. Там женщины с женщинами занимаются любовью. Лесбиянки. И мужики с женщинами тоже. В общем, эротическое кино. Но так классно все, хорошо. Классный фильм. Музон классный. Я прибалдела, конечно. А она еще мороженого подогнала и разных сладостей восточных. В общем, сидим в полумраке, кайфуем, смотрим про Мануэллу. Актриса там очень красивая. И я не заметила, как Шарбан вышла из комнаты. И вдруг возвращается совсем голая. И говорит: сделай мне приятное. Я прибалдела. Думаю, ну вот сейчас она меня сделает лесбиянкой. Я прямо в секунду подумала: а чего такого? Можно ведь один раз попробовать. Как у нас Петров шутил: один раз — не пидарас. И подумала, ну а чего? Потом, она такая стройная, красивая. Красивей меня. Она села на диван рядом, смотрит на меня. Говорит: раздевайся. Ну, я разделась догола. И тут она мне протягивает платок. Такой цветастый платок. И говорит: повяжи мне на голову платок. А сама смотрит в телик. Ну а чего? Я взяла платок. Такой небольшой пла-

ток. Цветной. И стала ей повязывать. И она говорит: туже, туже! Я повязываю, а она: туже, туже! И так говорит, вся задрожала. Дрожит и повторяет: туже! туже! туже! И я ей повязываю платок этот на голову, повязываю, затягиваю, как можно туже. А она смотрит в телик. И вдруг как застонет, так сильно. Я даже испугалась. Она смотрит в телик, стонет, чуть не кричит, а сама себя схватила за коленки, вся дрожит мелко-мелко. Круто. И глаза сумасшедшие. И это долго было. Она постонет, потом подрожит вся молча, а потом опять как застонет и вся так напряжется сильно. И у нее слезы потекли из глаз. Я рядом сижу, прибалдела, не знаю, что делать. В общем, она так настоналась, встала и вышла. Я сижу голая, смотрю телик. Думаю, интересно, что будет дальше. Сижу, смотрю. И она возвращается, уже в цветном таком халате. Без платка. И молча видак выключила, свет зажгла. И говорит: одевайся и уходи, пожалуйста. И на меня не смотрит. Так и сказала: уходи, пожалуйста. Я сперва не поняла. А она опять: одевайся и уходи, пожалуйста. Ну, я быстро оделась, встала и ушла. Шла домой и думала: вот ебанатка! А назавтра в школе она так себя вела, словно и не было ничего. Вообще на меня никакого внимания не обращала, как и раньше. День проучились, второй, третий. Ноль внимания. Я думала девчонкам рассказать, зало-

жить ее, а потом решила: не буду. Получается, что я такая дура послушная! Разделась. Повязала ей этот платок! А потом — пошла вон. И вообще… этот платок. Отпад такой. Если рассказывать, не поверят. Ну, если там в постель с ней лечь, как в кино ложатся, да? Ну и что? Но платок?! Повяжи мне платок! Херня такая. Короче, так все и кончилось. И рассосалось. Никому не сказала. А потом все быстро полетело, у меня с Витей был роман. С ним ходила четыре месяца. Я и ему ничего не сказала. А потом — выпускной. И все. Жизнь пошла. И вот двадцать лет спустя решили встретиться классом. Через "Одноклассников" списались, нашли друг друга, созвонились. Парней наших нашли, но они оказались манкировщиками. Двое вообще сидели, оказывается. И Микляев — не по первой ходке, как мне сказали люди знающие. Радушкевич в Америке, Денисов умер от некроза почек. Петров и Фролов вроде отписали, что придут. Ведь были главными прикольщиками класса! Петров зайцем прыгал на уроках, магний поджигал. Фролов Аринушку до слез доводил. В общем, пообещали, а потом слились с проекта, типа заняты, один в командировку собирался, у другого интервью на фирме. А другим парням похеру, двадцать лет, не двадцать. Это понятно, все теперь деловые, семейные, время — деньги.

В общем, семь девок — одна я. Мы с Маринкой заказали стол в кафе “Южное” на Ленинском. Хороший грузинский ресторан. И недорого, главное. И загудели с девчонками. Там живая музыка, потанцевали, выпили. В общем, расслабились, вспомнили школьные годы. И когда перемывали всем косточки, Ольга наша большая говорит: девки, а помните Шарбан? Ну конечно, все помнят. Так вот, я, говорит, в криминальной хронике пару лет назад видела репортаж из Краснодарского края, где были какие-то разборки, и там семью предпринимателя убили, а дом сожгли. И показали фото этого предпринимателя, а это отец Шарбан. Мы его все видели тогда, он и в школу приходил, и на открытых родительских собраниях даже выступал. Серьезный такой, красивый, полноватый. Восточный человек. В общем, всю семью порешили, а дом подожгли. Я говорю, откуда ты знаешь, что Шарбан там тоже была? Может, она замужем, в другом месте? Нет, говорит, там всех убиенных перечислили: жена, сын, дочь, зять и двое внуков. У Шарбан был младший брат, лет на десять младше. Круто. Поворот судьбы. Храмцова говорит: от нее у меня отметина, синяя точка на всю жизнь, сейчас под пудрой не видно. А Ольга маленькая говорит: девки, давайте ее помянем. Она отмороженная была, но все же. Помянули, короче,

Шарбан грузинским вином. И тут я не выдержала и под алкоголем вдруг рассказала им про тот случай с платком. А Ольга большая спокойно так говорит: у меня с ней было то же самое. И Ольга маленькая: и у меня. И Маринка — и у меня. И Людка — и у меня. Она их тоже приглашала на видео. У меня челюсть отвисла! Только у Храмцовой, Василисы и Наташки с Шарбан не было этого. Я прибалдела! И девки тоже. И тоже молчали все! Короче, сидим, переглядываемся. А потом как все заржали! Вот тебе и Шарбан! Короче, земля краснодарская ей пухом… все, все… все… больше не надо… я это… все…

Он (*выключает диктофон*). Я понял, милая. Отдохни теперь.

Она (*засыпая*). Я… немного…

Литературно-художественное издание

Владимир Сорокин

Белый квадрат

Сборник короткой прозы

18+

Содержит нецензурную брань

Главный редактор Варвара Горностаева

Художник Андрей Бондаренко

Ведущий редактор Евгения Лавут

Ответственный за выпуск Ольга Энрайт

Технический редактор Наталья Герасимова

Корректор Ольга Португалова

Верстка Марат Зинуллин

Общероссийский классификатор продукции
ОК-005–93, том 2; 953000 — книги, брошюры

Подписано в печать 06.07.18. Формат 84×108 1/32
Бумага офсетная. Гарнитура OriginalGaramondC
Печать офсетная. Усл. печ. л. 11,76
Тираж 15 000 экз. Заказ № 5549/18

Отпечатано в соответствии с предоставленными материалами
в ООО "ИПК Парето-Принт", 170546, Тверская область,
Промышленная зона Боровлево-1, комплекс № 3А, www.pareto-print.ru

ООО “Издательство АСТ”
129085 г. Москва, Звездный бульвар, д. 21, строение 1, комната 39
Электронный адрес: www.ast.ru
E-mail: astpub@aha.ru

“Баспа Аста” деген ООО
129085 Мәскеу қ., Жұлдызды гүлзар, 21, 1 құрылым, 39 бөлме
Біздің электрондық мекенжайымыз: www.ast.ru
E-mail: astpub@aha.ru

Интернет-магазин: www.book24.kz
Импортер в Республику Казахстан ТОО “РДЦ-Алматы”
Дистрибьютор и представитель по приему претензий на продукцию
в Республике Казахстан: ТОО “РДЦ-Алматы”

Интернет-дүкен: www.book24.kz
Қазақстан Республикасындағы импорттаушы “РДЦ-Алматы” ЖШС
Қазақстан Республикасында дистрибьютор және өнім бойынша арыз-талаптарды қабылдаушының өкілі “РДЦ-Алматы” ЖШС
050039 Алматы қ., Домбровский көш., 3 “а”, литер Б, офис 1
Тел.: +7 (727) 251-59-89, 90, 91, 92, факс: +7 (727) 251-58-12, доб. 107
E-mail: RDC-Almaty@eksmo.kz
Өнімнің жарамдылық мерзімі шектелмеген

Өндірген мемлекет: Ресей
Сертификация қарастырылмаған

По вопросам оптовой покупки книг обращаться по адресу:
123317 г. Москва, Пресненская наб., д. 6, строение 2, БЦ “Империя”, а/я № 5
Тел.: +7 (499) 951-60-00, доб. 574
E-mail: opt@ast.ru

9 785171 091446